ET AU BOUT DU CHEMIN, JE SERAI LÀ

De Sylvie ROZIER M.

Asusx54

01/10/2013

© 2013, Sylvie Rozier M.
Edition : BoD - Books on Demand
12/14 rond-point des Champs Elysées, 75008 Paris
Imprimé par Books on Demand GmbH, Norderstedt, Allemagne
ISBN : 9782322034680
Dépôt légal : Novembre 2013

Tout semble se dérouler au mieux pour Jessie et Derek. Ils s'aiment et vont bientôt se marier. Mais il semble qu'ils aient oublié que la vie n'est pas un long fleuve tranquille et que tout peut basculer d'un moment à l'autre.

Chapitre I

Je marche pieds nus dans une herbe verte et douce. Devant moi s'étend une eau limpide, juste abimée à la surface par les clapotis d'une cascade d'où émerge le doux bruit de l'eau sur l'eau. Je rentre doucement dans cette eau apaisante et je m'enfonce jusqu'à ne plus voir le ciel et... j'ouvre les yeux. Où suis-je ? Mes yeux s'habituent à la lumière du soleil qui inonde... ma chambre ! Je suis dans mon lit, mais ce bruit d'eau qui coule..., la douche !

- « Dépêche-toi de te lever ma chérie, tu vas encore être en retard ! » me crie une voix plutôt amusée de la salle de bains.

Mais oui, Derek, l'homme avec qui je partage ma vie depuis bientôt huit ans, il est sous la douche et je l'entends maintenant fredonner le refrain de notre chanson préférée, « Unchained melody » du film Ghost avec Demi Moore, le beau Patrick Swayze et l'hilarante Whoopi Goldberg. Qui n'a pas frémit devant cette scène culte où Demi Moore fait de la poterie avec le fantôme de Patrick Swayze, où leurs mains se mêlent comme une danse érotique sur une musique qui vous hérisse les poils ? Trop bon !

Je m'étire en poussant de petits soupirs d'aise. Je laisse planer mes deux bras au-dessus de ma tête tout en ouvrant de plus en plus grand les yeux. Je scrute la pièce qui est déjà baignée d'une douce lumière qui passe par les stores légèrement entrouverts. Je me sens bien dans cette chambre ! Les murs sont recouverts d'une tapisserie aux tons marron et beige avec de grands rideaux assortis dont les pans tombent sur le sol. Devant moi, se trouve ma coiffeuse blanche et je peux voir le haut de ma tête dans la grande glace qui trône au-dessus. Il y a plein de flacons de toutes sortes : mes parfums que je choisis au gré de mon humeur du matin, mes pinceaux, mes crèmes du jour et du soir… A côté de la coiffeuse, sur ma droite, une commode assortie se dessine au milieu du halo de lumière. Elle est recouverte de plusieurs coffrets où je range mes bijoux que j'ai nombreux. Il y a de tout : des bijoux de valeur qui me viennent de mes parents et de Derek, comme des bijoux fantaisies que j'achète suite à un coup de cœur.

-« Dis donc la paresseuse, allez lève-toi maintenant, assez rêvasser pour ce matin.» Derek est devant moi, une serviette de bain nouée autour de sa taille et les cheveux encore humides qui gouttent sur son torse.

Mes yeux se remplissent d'amour à son souvenir. Il est l'amour de ma vie, mon âme sœur comme on dit. Nous nous sommes rencontrés sur les bancs de l'Université. Lui avait vint-deux ans et moi tout juste dix-huit. Quand nos regards se sont croisés, j'ai vraiment ressenti cette fameuse décharge électrique que l'on appelle le coup de foudre. J'avais les jambes flageolantes et je crois bien avoir perdu quelques moyens quand je me suis présentée.

-« Enchantée, je m'appelle Jessie ».

C'est tout ce que j'ai su lui dire à cet instant, quelle cruche ! Et quand son sourire a rempli son visage, mon cœur a chaviré à tout jamais.

J'aime ses yeux rieurs marron avec un brin d'éclat vert, la forme de son visage, un peu carré avec un menton volontaire, son nez fin pour un homme et ses cheveux brun qui ondulent autour de son visage comme une brise légère. Vous connaissez le « docteur Mamour » dans le feuilleton « Grey's Anatomy » ? Et bien, il a des airs de ce docteur super sexy qui s'appelle aussi Derek dans la série, il est mon « docteur Mamour » à moi !

C'est son super copain Dylan qui nous a présentés. D'ailleurs, je fricotais un peu avec Dylan à cette époque, mais rien de bien sérieux entre nous. Quand j'ai vu Derek et que nos regards se sont croisés, j'ai donc ressenti comme une décharge électrique. Tout de suite je me suis dit « c'est lui, l'élu de mon cœur ». A cet instant, plus rien n'avait d'importance, que de ne plus quitter cet homme que je ne connaissais pas encore vraiment. Il faut me croire, le coup de foudre existe vraiment. Et c'est ce que j'ai ressenti ce jour là. Plus tard, Derek m'a avoué que, lui aussi à cet instant, a éprouvé cette sensation magique. Puis il m'a proposé de le retrouver le soir pour prendre un verre et j'ai bafouillé un « oui à quelle heure ? » à la vitesse d'un TGV de peur qu'il ne change d'avis. Et nous avons passé un moment merveilleux dans cet endroit plutôt bruyant par son flot d'étudiants. Mais c'était comme si nous étions seuls au monde, nous avons parlé pendant des heures, de tout, de rien, de nous, de notre enfance, de nos espoirs…

Quand il m'a embrassée devant le pas de ma porte, d'abord ses lèvres ont tout juste effleuré les miennes, comme un souffle sur ma bouche et puis, sentant certainement que j'étais plus que consentante, ses bras se sont emparés de mon corps, ses lèvres se sont plaquées enfin avec force sur les miennes, et comme deux bateaux ivres nous nous sommes embrassés jusqu'à perdre haleine, une éternité…

Avez-vous un jour connu un instant comme celui-ci ? Où votre cœur bat si fort qu'il va exploser, que vos jambes sont toutes flagada, et que vous vous dites « pourvu que je ne rêve pas, qu'il existe vraiment, que demain il va m'appeler, que je le reverrai à nouveau, qu'il ressente lui aussi la même chose que moi…, cet instant magique où la vie peut s'arrêter là car ça ne fait rien, vous l'avez enfin cet amour qui bouleverse votre vie !

Et depuis ce jour, nous ne nous sommes plus quittés.

 Un léger sourire se profile sur mes lèvres en repensant à tous ces souvenirs si chers à mon cœur.

-« Allez la belle au bois dormant, viens te doucher. Tu n'as pas oublié que nous devons retrouver Dylan et Stacy pour jouer en double au tennis ce matin ? » dit-il en se dirigeant de nouveau vers la salle de bains.

Ah oui, ce fameux match de revanche que nous leur devons. Je m'extirpe de mon lit, cours le rejoindre et lui lance un :

-« Je suis là, vite, pousses-toi et laisse-moi la place ! »

-« Dis donc, doucement, la salle de bains n'est pas qu'à toi, me dit Derek mi-amusé ou mi-courroucé. Et mon bisou, il est où ? »

Je m'apprête à lui faire un petit smack sur les lèvres quand lui me prend par la taille et m'embrasse goulûment.

-« Gourmand va ! dis-je en riant. Allez, laisse-moi me préparer ».

Vingt minutes plus tard, je suis enfin prête.

Vous vous dites que je n'ai pas été trop longue, mais l'astuce, c'est que je n'ai pas perdu de temps avec mes cheveux que j'ai juste brossés et mis en queue de cheval vu que je pars jouer au tennis. Sinon, le temps que je les lave, sans oublier l'après-shampoing qui doit poser au moins cinq minutes, puis le séchage digne d'un expert avec crème pour les pointes sèches et j'en passe, là vous pouvez rajouter largement vingt minutes de plus. Le lavage, ce sera pour plus tard !

Quant à Derek que je retrouve dans la cuisine, il ne s'est occupé que de Derek. Moi, je dois vider le lave-vaisselle, chose que je fais en buvant vite fait un café et en mangeant mon yaourt nature allégé, sortir le linge de la machine à laver qui a tourné la nuit, le tarif horaire est moins cher à ce moment, et l'étendre, vérifier que le chat a bien à manger et à boire, bref la routine d'une femme.

-« Tu me dis quand tu es enfin prête, on est en retard » dit-il, mine de rien, chose qui m'agace au plus haut point. On a beau filer le parfait amour avec l'homme de ses rêves, il peut quand même nous énerver par des remarques qui nous hérissent les poils, si tenté qu'ils nous en restent !

Ouf ! C'est assise dans la voiture à ses côtés que je vais pouvoir enfin me reposer. Je laisse mon esprit divaguer, sans réelles pensées. Je regarde subrepticement Derek qui s'applique à regarder la route et je souris à la vie. Le soleil brille de toute sa splendeur, heureusement que la voiture est climatisée. Après un quart d'heure de trajet, nous nous garons sur le parking du club house où nous attendent nos amis. C'est un endroit magnifique où se mêlent une douzaine de cours de tennis synthétiques encerclés d'une étendue verte où se mélangent arbustes et fleurs aux parfums enivrants.

Et au centre, construit sur une colline, comme un donjon épiant les arrivants, trône une superbe demeure qui abrite sur toute sa surface un immense bar-restaurant dont la terrasse fait tout le tour et où la vue de chacun peut surplomber cette magnifique vue d'ensemble. Les vestiaires se situent au sous-sol de la demeure mais Derek et moi avions prévu le coup et mis déjà nos tenues de sport. D'un pas rapide, nous nous dirigeons vers le cours n°4 où nous pensons trouver nos amis.

-« Ohé ! » Dylan au loin nous fait des gestes de bienvenue, quant à Stacy, elle est déjà entrain de s'échauffer à faire des balles contre le mur.

-« Salut, tu vas bien ? » dit Dylan en m'embrassant et sans attendre de vraie réponse, il sert les mains de Derek en l'entourant de ses grands bras.

Il faut dire que Dylan est assez impressionnant avec son un mètre quatre-vingt-quinze, sa carrure d'ex-joueur de base-ball qui lui a permis d'avoir une bourse pour faire ses études et d'être, aujourd'hui, un médecin reconnu et apprécié, et surtout d'avoir sa propre clinique. Ses yeux bleus et un charisme à toute épreuve font de lui un sacré coureur de jupons, toujours à la recherche d'une nouvelle conquête. Lui et Stacy sont ensemble depuis environ six mois, un record !

Derek et lui sont des amis d'enfance, toujours à faire les quatre-cent coups, surtout Dylan !

Les parents de Derek sont arrivés à Los Angeles quand celui-ci avait huit ans. Pour vous situer, Los Angeles est la deuxième plus grande ville des Etats Unis après New York et est située sur la côte Ouest des U.S.A. dans l'état de la Californie. Dylan habitait la maison d'en face, le même âge et la même rage de vivre, c'est-à-dire toujours à courir, grimper et sauter partout, jouer au base-ball et casser les vitres du voisin avec la balle, de vrais brigands !

-« Bon, on joue ? J'ai une pêche d'enfer » dit Derek en trépignant sur le cours.

Et c'est parti pour une heure de jeu acharné à savoir quel duo d'amoureux va l'emporter.

Pour confidence, moi personnellement je m'en fiche un peu, j'aime jouer pour m'amuser, mais les mecs, eux, leur égo en prend un coup quand ils perdent, alors on est là pour rigoler mais pas trop quand même.

-« Oh c'était trop bon ! » J'arrête enfin le robinet de la douche.

Mon corps est un peu endolori de tous ces efforts fournis. Derek était aux anges car nous avons encore gagné la partie. C'était marrant de le voir chambrer son super copain qui, à cet instant, était presque l'ennemi à abattre et abattu de surcroît. Moi, je suis contente d'avoir fait une heure de sport intensif, ça vaut bien maintenant une récompense ; un bon déjeuner arrosé d'une bonne bouteille de rosé bien frais assise sur une terrasse à l'ombre d'un parasol d'où sort des petits jets de vapeur d'eau fraîche, un régal !

Nous sommes en plein mois de septembre et Los Angeles est baignée depuis deux jours dans une température atteignant plus de 40°. Cette température très élevée est due à un vent qui souffle et vient de la Caroline du Sud appelé « Santa Ana ». Heureusement que cette chaleur oppressante ne durera pas plus de deux ou trois jours !

Stacy est entrain de se coiffer devant la glace des vestiaires. Une belle fille cette Stacy ! Elancée, cheveux blonds, longs et fins, des yeux noisette ronds et malicieux, pas mal ! Bon, ses seins sont un peu trop petits à mon goût, sa bouche trop grande pour son visage mais elle est drôlement sympa et pas susceptible du tout. Je n'aime pas les gens susceptibles, ceux à qui on ne doit pas dire de vérité qui pourrait les blesser même si c'est bien dit, avec la façon et tout... Moi, je pense que les vrais amis, on peut et on doit leur dire des choses que l'on ne dirait pas au premier venu car on s'en fout de lui. Par contre ceux que l'on aime, on aimerait qu'ils comprennent et acceptent certaines vérités qui peuvent faire mal. Mais c'est pour le bien de tout le monde, crever certains abcès et repartir de plus belle dans une vraie amitié !

Oh là là, voila que je philosophe ou plutôt que je radote, ça fout les j'tons !

-« T'es prête ma belle, dis-je en souriant. Nos deux mecs nous attendent et doivent se demander ce que l'on fait. Pourtant, ils devraient savoir depuis le temps que nous les femmes, on a beaucoup plus de boulot qu'eux pour nous rendre belle et désirable ! »

Ils sont là nos apollons, assis autour d'une table ronde installée dehors sous ce fameux parasol que je vénère, vive son inventeur !

- « On vous attendait pour vous servir un rosé bien frais les filles » dit Dylan.

- « Par contre, nous n'avons pas encore commandé » renchérit Derek.

Je bois lentement ce rosé tant attendu tout en regardant mon bien-aimé converser avec son copain.

Mon cœur se met un peu à chavirer quand je sens en moi monter une vague d'amour pour lui.

Comme je l'aime, oh oui je l'aime ! Je le trouve beau avec ses cheveux encore humides sur le front et ses joues rosies par les efforts répétés du fameux « han » bien connu des plus grands tennismen. De plus, c'est un fabuleux avocat, reconnu par ses pairs pour être impartial tout en étant charitable. Que demander de plus à la vie, à ma vie ?

Nous habitons une maison à Pasadena, au nord est de Los Angeles, plus précisément à 15 km de Dowton qui est le quartier d'affaires de Los Angeles.

Celui-ci fait office aussi de centre ville car Los Angeles n'a pas de centre ville à proprement parlé, plutôt des quartiers prestigieux et réputés comme le quartier d'Hollywood et de Bel Air, pour ne citer qu'eux. Ici, tout le monde dit « L.A. » en parlant de Los Angeles, connue aussi sous le nom de la « Cité des Anges ». Nous avons la chance de vivre sous un climat méditerranéen avec des hivers doux et humides et des étés chauds et ensoleillés. L.A. est baignée par le soleil 320 jours par an, ce qui nous permet de profiter pleinement des belles plages de sable blanc qui bordent l'une des plus célèbres grâce à son feuilleton « Alerte à Malibu », la baie de Santa Monica où réside Dylan et tant d'autres.

Je dirais que je suis heureuse et ça fait du bien comme sensation. Quand je pense à toute la misère qu'il y a dans ce monde, des gens malades, qui ont faim, froid, d'autres qui pleurent leur cher disparu... ça me rend triste et j'aurais presque honte de tout ce bonheur qui m'inonde, mais que puis-je faire moi, petite chose insignifiante dans un monde qui pourrait n'être que beau mais que l'homme s'acharne à abimer ? Hou là ma belle, arrête tout de suite ces pensées morbides, tu vas te mettre les boules, et reviens à ton cher et tendre. Regarde-le, il te sourit, alors souris-lui aussi !

-« A quoi tu pensais mon coeur ? » demande Derek étonné de mon mutisme et de mon air mélancolique si soudain.

-« A rien chéri, j'avais l'esprit ailleurs c'est tout, répondis-je. Bon, on commande ? » m'écriais-je tout à coup surexcitée, ça c'est tout moi, tout ou rien.

Chapitre II

Ce matin, va savoir pourquoi, la circulation dans les rues de Los Angeles est moins dense que d'habitude et j'arrive un peu en avance au travail. Alors là, il risque de neiger aujourd'hui car je suis plutôt du genre en retard !

Je ne vous l'ai pas encore dit mais je travaille comme vendeuse en prêt-à-porter.

Quand je vous ai dit avoir rencontré Derek sur les bancs de l'université ce n'était pas un mensonge mais je n'ai pas approfondi en vous expliquant que moi je ne faisais que passer ce jour là voir mon amie Carolyn.

Et oui, ma mère a eu beau me dire durant toute mon enfance que j'étais une enfant douée pour les études et bien, en tant que douée, je me suis laissée bercer par mes facilités plutôt que de travailler. Il y a toujours un prix à payer et comme je vivais sur mes acquis sans fournir de gros efforts de travail, il y a eu un moment où j'ai eu du mal à suivre. Je n'ai pas eu hélas, la possibilité d'aller à l'université, dommage, car j'aurais aimé être professeur de français. Ca vous étonne peut-être mais j'adore le phrasé de cette langue, mais comme elle est difficile à apprendre !

Donc me voilà, employée à temps partiel dans ce magasin de vêtements féminins, chez « So Pretty », situé à L.A. sur Rodéo Drive, rue réputée pour ses boutiques de luxe qui la jalonnent tout le long.

La patronne est sympa et j'ai de bonnes relations avec ma collègue Sylvana bien que l'on se croise plus qu'autre chose.

Quand j'étais petite mon père disait toujours « Vaut mieux un laborieux qui travaille qu'un surdoué fainéant. » Comprenne qui pourra !

-« Bonjour ! dis-je en poussant la porte. Vous allez bien Madame Shaw ? Rien de neuf ? »

Ma patronne me regarde en esquissant un sourire, regarde sa montre et s'étonne :

- « Je me demande si ma montre n'est pas en retard ce matin, il n'est même pas dix heures ? »

Je pouffe en me débarrassant de ma veste, passe derrière le comptoir et m'écrie :

- « Voilà, je suis prête, allez, venez les clientes, venez à moi. »

Il faut dire que je suis quelqu'un d'assez énergique, toujours d'attaque car j'ai horreur de me lamenter sur mon sort, je réponds à qui me le demande « oui, ça va » même si parfois ça ne va pas du tout, que j'ai la tête qui va exploser, que je me suis engueulée avec mon chéri, que la balance me dit qu'il ne faut plus que je mange de pizza, que je…

Stop ! Voilà que je pars encore dans mes pensées de vieille fille ronchon qui se lamente devant un miroir.

Dix minutes plus tard, deux adolescentes rentrent dans la boutique, suivies d'une dame d'une cinquantaine d'années, ou moins, ou plus, difficile à dire car maintenant avec les progrès en tout, les gens ne font plus leur âge. Il est de plus en plus difficile de donner un âge approchant grâce aux crèmes de plus en plus révolutionnaires que l'on se tartine goulûment sur le visage et les soins chez l'esthéticienne prodigués durant un « week-end beauté » souvent offert à l'occasion d'un anniversaire. Nous ne sommes plus au temps de nos arrière-grand-mères qui s'échinaient à laver le linge au lavoir tout en ayant la peau burinée par le soleil des champs durant leur labeur! Il reste, de nos jours, très peu d'emplois où le travail effectué est tellement dur que le soir vos muscles peinaient à vous déplacer de la cuisine à votre lit.

Après les avoir laissé flâner quelques minutes dans les rayons, je m'approche de celle qui me semble la plus en difficulté, la femme à l'âge indécis.

-« Bonjour Madame, comment puis-je vous aider ? »

- « Oh vous savez Mademoiselle, moi je n'ai pas votre taille de guêpe alors je ne suis pas sûre de trouver ici quelque chose qui m'aille » répond-elle en me toisant gentiment du regard.

- « Mais si, il suffit juste de me dire si vous aviez une idée ou une envie, ou alors j'ai carte blanche et nous allons essayer toutes les deux de trouver chaussure à vos pieds » répondis-je.

- « Une robe peut-être ou un pantalon, faut voir » dit-elle.

Après quelques recherches et essayages, nous avons eu la chance de trouver la tenue qui lui plaise, un pantalon noir fluide, un chemisier crème en satin et une veste rouge, originale par ses gros et beaux boutons, cintrée à la taille et assez longue pour lui recouvrir son popotin qui lui déplaît tant.

J'avoue que l'ensemble est assez plaisant, le rouge de la veste donnant un peu d'originalité à une tenue un brin austère au départ. Bref, elle était ravie et c'est ce qui compte pour moi car j'aime que mes clientes soient heureuses quand elles ressortent du magasin et surtout qu'elles reviennent me voir, contentes de mes conseils prodigués.

La journée s'écoule ainsi, ponctuée de conseils, de rangements dans les rayons saccagés par des clientes pas très concernées par le fait qu'elles déballent tout sans rien ranger ni acheter. Je voudrais bien faire pareil chez elles, on verra bien comment elles réagissent !

Lors de ma pause-déjeuner à treize heures, Dylan me téléphone pour nous inviter à dîner samedi prochain, tous les quatre.

-« Avec plaisir » répondis-je sans m'occuper de ce qu'en pense Derek. Je sais qu'il est toujours partant quand c'est son grand copain que l'on doit retrouver, et nous n'avons rien de prévu, enfin il me semble.

La semaine est passée comme toutes les autres, sans rien de nouveau ni d'excitant à raconter.

Dring ! Dring !

- « C'est nous » dis-je en sonnant et poussant la porte d'entrée sans attendre que l'on vienne nous ouvrir.

Il est vrai que Derek et moi nous sentons un peu comme chez nous chez Dylan.

Celui-ci vit dans une belle maison à Santa Monica, belle banlieue de Los Angeles. Santa Monica est réputée pour ses belles promenades le long de la plage qui regorgent d'artistes de rue surprenants, de restaurants, de magasins de marque. Chaque semaine, on peut y trouver son marché traditionnel d'agriculteurs proposant leurs produits locaux. Derek et moi adorons venir y flâner, surtout le soir lorsque celui-ci ne rentre pas trop tard. Nous nous racontons mutuellement notre journée tout en nous tenant par la taille, comme un jeune couple d'amoureux ferait et j'adore ce rapprochement de nos deux corps qui réveillent nos sens ponctués de légers et subtils frôlements.

Cette maison est beaucoup trop grande pour lui seul car Stacy ne vit pas avec lui. Je crois que je n'ai jamais vu Dylan vivre avec quelqu'un et nous espérons vivement, Derek et moi, que celui-ci franchira un jour le pas et pourquoi pas avec Stacy car nous l'aimons bien. D'ailleurs la voici qui vient à notre rencontre, un tablier blanc autour de la taille.

-« Ne me dis pas que c'est toi qui cuisine ? dis-je en souriant.

- « Oui et non, je finis de donner un coup de main à Dylan mais les honneurs reviendront à lui si c'est bon car il a pratiquement tout fait seul » explique-t-elle.

- « C'est pas possible ! Je ne suis pas sûr de vouloir rester manger » réplique Derek en nous jetant un clin d'œil tout en s'approchant de la porte d'entrée de la cuisine.

Effectivement, Dylan est là en pleine effervescence, une casserole dans sa main droite et dans l'autre une passoire.

-« Ne restez pas là ! Stacy, emmène-les dans le salon et sert leur à boire, j'arrive tout de suite » aboie-t-il.

Je ne sais pas s'il maîtrise la situation, mais nous allons gentiment tous les trois dans le salon car il ne faut pas désobéir à Dylan quand il est dans cet état là.

Bientôt, il nous rejoint et semble plus apaisé. Nous devisons agréablement tous les quatre, les hommes sur leur travail respectif et Stacy et moi, nous parlons plutôt de mode, femmes oblige !

Le repas est un délice. Petite salade romaine en entrée, tagliatelles au saumon à la crème parsemées de copeaux de parmesan et en dessert, un fondant au chocolat à tomber par terre ! J'arrive à faire dire à Dylan que le dessert n'est pas de lui mais qu'il l'a acheté dans une pâtisserie très réputée.

Stacy et moi sommes dans la cuisine, emplissant le lave-vaisselle, rangeant et lavant les derniers vestiges d'un cuisinier surexcité et pas très organisé.

- « Où en es-tu avec Dylan ? » osais-je demander.

-« Je ne sais pas trop, tantôt il est tendre et gentil et la fois d'après, je le sens agressif et peu désireux de s'engager dans notre relation. Il est difficile à cerner ton copain, tu sais » dit-elle tout en me regardant d'un air pensif.

« Hem », dans mon fort intérieur je me dis que Stacy semble plus accro à lui que l'inverse, dommage et j'espère me tromper.

Ah ! Ces foutus sentiments, si seulement on pouvait les diriger nous-mêmes.

Pourquoi tel être humain aime cette personne plutôt qu'une autre ?

Pourquoi on aime une personne à la folie tout en sachant qu'elle n'est pas faite pour nous, mais on n'y peut rien, on en crèverait plutôt que de la quitter ?

Pourquoi peut-on mourir par amour ?

Est-ce que l'on peut ressentir plusieurs fois le grand amour durant sa vie ? J'aime mieux penser que oui, ça donne espoir à beaucoup de monde.

On croit que tout est fini quand un amour se meurt, mais beaucoup d'exemples nous prouvent qu'il ne faut jamais désespérer dans la vie.

La seule raison pour laquelle on ne peut rien faire, devant l'inéluctable, c'est la mort.

Sinon il faut persévérer, positiver, regarder autour de soi, s'ouvrir aux autres et à nouveau la vie peut nous sourire. C'est du moins ce que je préfère croire, c'est plus réjouissant que l'inverse.

Tant qu'il y a de la vie, il y a de l'espoir ! Tel est mon adage et ça aide bien à avancer, croyez-moi !

Après avoir quitté nos hôtes et retrouvé notre petit nid douillet, Derek me fit l'amour avec fougue, comme un amant ferait à sa maîtresse, c'est-à-dire d'une façon pas très conventionnelle, mais je vous passe les détails, ça c'est mon jardin secret.

Nous nous endormîmes cette nuit là comme toutes les autres nuits, chacun de son côté car j'aime bien me lover comme un fœtus dans mon coin du lit.

Et oui, je ne m'endors pas comme dans les films romantiques. La belle qui dort serrée dans les bras de son prince toute les nuits, vous y croyez, vous ?

Avant de tomber dans les bras de Morphée, je repensais à Stacy qui semblait tant attendre de sa relation avec Dylan. Quand donc celui-ci ressentirait-il le besoin de se caser ? Derek et moi attendions cet instant avec impatience, celui où son ami de toujours lui annoncerait qu'il est fou amoureux ! Ce jour viendrait-il et quand ?

Chapitre III

Six mois se sont écoulés, comme les gouttes de pluie s'écoulent sur les vitres, sereinement.

Derek ce soir m'invite au restaurant. Je ne sais pas ce qu'il veut fêter, mais ça à l'air important.

Peut-être a-t-il enfin gagné ce fameux procès contre cette firme de cosmétiques qui lui prend tout son temps depuis des mois ? Ces dernières semaines, il rentrait de plus en plus tard. Cet après-midi, au téléphone, il semblait surexcité et quelque peu mystérieux.

Il m'a dit : « Salut ma chérie, ce soir fais-toi belle, je t'emmène dîner dans un super restaurant, rien que nous deux. Nous avons quelque chose à fêter ».

Evidemment, ses derniers mots ont attisé ma curiosité mais je vais devoir attendre car je le connais, il ne me dira rien avant ce soir.

Donc je suis là, dans la salle de bains à m'apprêter du mieux que je peux.

J'essuie la glace avec le revers de ma main, celle-ci est pleine de buée. La douche que je viens de prendre était chaude à souhait et bienfaitrice pour les tensions que je ressens dans mon cou. La journée au travail ne s'est pas très bien déroulée, plusieurs clientes assez pénibles, jamais satisfaites. Et je te déballe les piles de pulls bien rangées pour finalement n'en essayer aucun, et ça te demande la couleur ou la taille que l'on n'a pas... Pour finir, un arrivage de cartons à déballer, compter et mettre en rayons au plus vite a eu raison de ma résistance.

Ouf ! La journée est finie et la soirée s'annonce plutôt prometteuse.

Je souris à mon reflet dans le miroir.

- « Pas mal la gamine » dis-je en pensée.

Mes cheveux châtains clairs sont légèrement ondulés car encore humides. Je décide de les laisser au naturel pour ce soir car Derek aime les voir virevolter autour de mon visage, surtout quand je parle en gesticulant avec mes mains.

-« Tu parles comme les « mamas » italiennes, tout en gestuel » me dit souvent Derek en riant.

J'étale sur mon visage cette super crème hydratante que j'ai achetée l'autre jour et qui m'a coûté un bras comme on dit. Je masse l'ovale de mon visage, mes yeux noisette aux éclats verts me scrutent pour que je n'oublie aucune parcelle de ma peau. J'appuie sur un flacon à pompe et je reçois dans ma main une noix de lait hydratant senteur vanille que j'étale sur tout mon corps que j'ai ferme et musclé. C'est le résultat de plusieurs heures passées sur mon vélo elliptique qui se trouve dans la chambre d'amis du fond. J'essaie de l'utiliser en général trois fois par semaine. Installée devant la télévision d'où je suis les infos du jour, je sue p ar tous les pores de la peau durant 1 heure. En général, je préfère le matin de bonne heure, j'ai plus de courage que le soir.

Je continue mon massage jusqu'à la pointe des pieds sans oublier les talons. Comme je dis toujours : « la peau c'est comme du cuir, donc hydratez mesdames, hydratez ! » Et puis comme c'est agréable de sentir bon et de se sentir douce, ça vous donne des envies de…

 Allons Jessie, sois patiente et laisse se dérouler la soirée. En parlant de soirée, il faut que je me dépêche car je dois rejoindre Derek directement dans un restaurant situé sur Sunset Boulevard, il n'a même pas le temps de venir me chercher, pauvre de moi !

Un maquillage subtil, une robe noire mie-courte au décolleté un peu ravageur mais tellement joli et me voilà prête à partir ! Du haut de mon mètre soixante-sept, je chausse mes escarpins et me regarde dans le grand miroir placé dans l'entrée. Je suis plutôt jolie à regarder. Les traits de mon visage sont fins. Mon nez est droit mais à mon goût un peu trop long. Ce sont mes yeux aux reflets verts que j'ai en amande qui sont mon atout majeur d'après mes conquêtes. Je lisse ma robe sur mes hanches, regarde mes jambes et mollets que j'ai fins, le résultat me plaît. Mon sac et mon manteau plus tard et me voilà en route pour retrouver l'homme de ma vie !

Les rues de Los Angeles sont encombrées à cette heure ci. Je regarde l'heure affichée sur le tableau de bord de ma voiture. Déjà vingt heures et on avance au pas, quelle barbe !

Quand je me présente enfin à l'entrée de l'un des plus branchés restaurants de la ville, je suis quelque peu essoufflée d'avoir couru depuis le parking où j'ai trouvé à garer ma voiture.

J'entre et je scrute l'intérieur à la recherche de Derek, et soudain je l'aperçois qui me fait signe, déjà attablé à une table au fond de la salle.

-« Bonjour mon chéri, dis-je en lui laissant l'empreinte de mon rouge à lèvres sur les siennes. Tu es là depuis longtemps ? »

-« Quelques minutes, ne t'inquiète pas, j'en ai profité pour passer encore quelques coups de fils » répond-il tout sourire.

Son sourire, c'est ce qui m'a tout de suite plût chez lui. Il a cet air franc et sincère qui vous fait fondre sur place et qui lui découvre de belles dents blanches et bien alignées. C'est très important d'avoir de belles dents, n'est-ce pas ?

Je m'assieds en face de lui, Derek fait signe au serveur et commande du champagne. J'adore ça, ces petites bulles qui vous chatouillent le fond de la gorge et vous font tourner la tête si on en abuse trop.

-« Oh ! du champagne, et que fêtons-nous mon chéri ? » dis-je en roucoulant et lui faisant mes yeux de biche.

- « Tu verras bien, patiente un peu ma puce ».

Bien, je vais donc devoir attendre mais je l'espère, pas de trop.

Nous savourons notre champagne tout en conversant et commandons nos plats lorsque le serveur s'approche de nous. Je choisis de manger en entrée une salade de crevettes fraîches avec avocat et pamplemousse suivie d'une viande rouge. Derek me suit sur la viande mais préfère commencer par un saumon fumé et ses toasts. Lorsque les desserts arrivent, une tarte aux myrtilles nappée de crème épaisse, Derek me regarde droit dans les yeux tout en me prenant la main.

- « Jessie, tu sais que je t'aime plus que tout. Tu fais mon bonheur depuis le premier jour où je t'ai rencontrée. » Ses yeux me regardent avec une telle intensité que je sens ma main trembler dans la sienne. Où veut-il en venir ? Son ton soudain si sérieux sème le trouble dans mon esprit. Va-t-il dire qu'il me quitte ? Après quelques secondes de silence où il reste les yeux plongés vers le sol, Derek lève à nouveau son regard doux vers moi. Sa voix tremble quelque peu.

« Veux-tu devenir ma femme, veux-tu m'épouser ma chérie ? dit-il tendrement tout en ouvrant sa main. »

Dans sa paume se trouve une bague qui scintille de mille feux, on dirait un diamant !

Là, je ne sais pas si le ciel me tombe sur la tête ou si je vais m'évanouir, mais ma tête se met à tourner et mon cœur bondir si fort dans ma poitrine que j'ai l'impression de ne plus pouvoir respirer.

Je regarde l'homme que j'aime depuis toutes ces années, il est là, devant moi tout tremblant dans l'attente de ma réponse.

-« Oui ! Oh oui mon amour, je veux bien t'épouser » et je m'empresse de sauter à son cou et de l'embrasser avec véhémence, comme si nous étions seuls au monde sauf que le restaurant est plein et que tout le monde nous regarde avec étonnement et gêne.

C'est le plus beau jour de ma vie ! Derek glisse à mon doigt la bague que j'adore déjà et admire, tant je la trouve belle. C'est comme dans les films. Nos mains se mêlent et s'entremêlent sur la nappe blanche, au milieu des verres et couverts. Nos regards ne se quittent plus, conscients qu'à cet instant le sort est jeté : nous allons passer la fin de notre vie ensemble ! Après quelques minutes d'un silence ponctué de légers soupirs et de baisers fugaces, nous revenons à la réalité que sont les futurs préparatifs de notre mariage.

Et la soirée se termine dans l'excitation de ce futur mariage, ponctuée d'une multitude de questions de ma part que je pose à ce pauvre Derek qui, j'espère, ne regrette pas déjà sa demande tellement je dois l'enquiquiner avec des détails futiles d'intendance mais si chers à nous, les femmes.

« Quelle date ? Où ? Qui on invite ? A non, pas eux, ils sont agaçants ; pas ce mois-ci, les gens risquent d'être partis en vacances ; je déteste cet endroit, trop petit, trop grand… »

Bref ! J'en arrive à comprendre son désarroi mais en tant que femme, je ne peux pas agir autrement.

…Je suis là, blottie dans ses bras, dans le silence de notre chambre encore emplie du bruit de nos ébats. Ce soir nous avons fait tendrement l'amour encore tout ébaubis par ce futur qui s'annonce radieux. Je suis à ce moment la plus heureuse des femmes.

Chapitre IV

-« Allo maman ! »

-« Jessie, bonjour ma chérie, comment vas-tu ? Je disais hier à ton père qu'il y avait longtemps que nous n'avions pas de nouvelles de notre fille chérie, » répond une voix qui me remplie de mes souvenirs d'enfance, ma mère.

-« Oh ! Maman, je vais très bien. Et toi ? Et papa ? J'espère qu'il se ménage depuis qu'il s'est fait opérer de la hanche ? » répondis-je tendrement.

-« Oui, oui, ne t'inquiète pas je veille au grain. Il suit bien ses séances de kiné et la journée nous nous reposons tous les deux devant le feuilleton de l'après-midi que nous avons du mal à suivre, tant nos yeux n'arrivent plus à obéir à notre volonté et ne pensent qu'à vouloir se fermer, » dit en riant maman, que j'imagine bien avec ses yeux pétillants de malice.

Et oui, maman est encore de ces femmes qui, à soixante-cinq ans, est pleine de vitalité. L'imaginer avachie devant la télé avec mon père m'amuse énormément et me parait improbable.

-« Maman, es-tu sure de me dire toute la vérité, rien que la vérité ? »

-« Euh, en fait il n'y a que ton père qui s'endort sur le canapé, moi j'en profite pour jardiner, ou pour faire autre chose... » répond-elle songeuse. Mais dis-moi, ma chérie, tu m'appelles pour me dire quelque chose ou juste comme ça ? » dit maman pour détourner la conversation mine de rien me semble-t-il.

-« Pour avoir de vos nouvelles mais aussi pour vous en apprendre une des plus incroyables. Tu es assise là ? Et bien, hier soir, Derek a demandé ma main. Maman, je vais me marier ! » criais-je dans le téléphone, « Je vais me marier ! »

- « Oh, ma chérie, je suis tellement contente pour toi et Derek. Ton père va être fou de joie quand il saura la nouvelle. Mais quand ? Avez-vous déjà fixé la date du mariage ? » dit maman toute haletante au bout du fil.

-« Non, c'est encore tout frais, mais tu seras la première au courant quand je le saurai, promis-je. Oh, maman, je suis si heureuse si tu savais, c'est comme dans un rêve ! »

Et la conversation dura encore au moins un quart d'heure sur le plaisir des futurs préparatifs de ce mariage qui s'annonce déjà fabuleux, alors que tout est reste à faire.

Je quittais maman en l'embrassant tendrement et restait là encore à bavasser sur mes souvenirs d'enfant. Mes parents sont des gens merveilleux à tout bien penser, des gens comme on dit

« normaux », mariés depuis quarante et un ans, deux enfants, moi et mon frère plus vieux de dix ans.

Papa est un commercial depuis peu à la retraite. Il vendait des aspirateurs industriels, ses acheteurs étant principalement de grosses sociétés. Je crois que ce devait être un bon vendeur car nous vivions dans une banlieue chic et je n'ai pas souvenir d'avoir manqué de quoique ce soit durant mon enfance. Nous partions tous les étés en vacances. J'ai de merveilleux souvenirs de ces moments passés. Le petit hic, c'est que mon frère et moi avions beaucoup de différence d'âge et nous n'avons jamais été très proches. J'ai été élevée en fille unique à bien y réfléchir. Mon frère Tommy était un garçon très exclusif dans ses relations. Il avait un seul vrai ami avec qui il passait le plus clair de son temps, Jim. Les deux étaient inséparables et dès l'âge de 12 ans, les parents de Jim avaient pris l'habitude d'emmener mon frère en vacances avec eux. Je me souviens que du haut de mes 6 ans, je regardais ce frère étranger à mes yeux et étrange par ses côtés d'adolescent fantasque. Tous les deux, ils faisaient sans arrêt des expériences chimiques dans le garage de nos parents. J'entendais régulièrement des bruits bizarres qui en sortaient, ainsi que je voyais de la fumée s'en échapper. Je n'osais pas m'approcher et restais là des heures durant, par terre, assise un peu plus loin, le regard braqué vers l'entrée. Tommy avait cette façon de ne pas remarquer que j'existais que je me plantais devant la glace de l'entrée et je caressais le visage de cette petite fille qui me regardait tout en lui disant : « Ne t'inquiète pas, tu es très jolie. De toute façon, les garçons c'est bête ! » J'ai vécu mon enfance fascinée par ces deux garçons qui étaient réels mais me semblaient comme irréels tant ils ne faisaient nullement attention à moi.

Maman elle, a travaillé un temps comme secrétaire dans une agence de voyages, plus parce qu'elle s'embêtait à la maison que par nécessité. Elle et mon père ont dû s'apercevoir que je manquais d'attention quand la maîtresse les a convoqués pour leur dire que j'étais une enfant secrète et rêveuse qui n'avait aucune amie. De ce fait, maman est restée à la maison et à commencer à prendre du temps pour moi. J'avais environ 8 ans.

Aujourd'hui, elle et mon père profitent pleinement de leur retraite, papa en jardinant son mini potâger et maman en s'occupant de son petit intérieur, des ses fleurs et de son mari. Rien de bien captivant mais je pense qu'ils sont heureux à leur manière et je suis contente d'amener un peu de ferveur et de changement dans leur univers si tranquille.

Par contre, je vais devoir marquer mon territoire et faire comprendre à maman que c'est Derek et moi qui décidons de la façon dont se déroulera notre mariage. Si je la laisse faire, nous allons nous retrouver dans un tourbillon qui deviendra une tornade et nous emmènera loin du mariage dont nous rêvons, ça c'est sûr !

-« Ah Derek, c'est toi, tu es rentré ? Ta journée s'est bien passé mon chéri ? »

Derek dépose sa serviette sur la chaise de l'entrée, dénoue légèrement sa cravate et me répond en m'embrassant furtivement.

- « Oui, et je suis bien content que cette journée soit finie car je suis sur un dossier qui me rend dingue ! Mais je ne vais pas t'ennuyer avec mon travail. Au fait, j'ai invité ce soir Dylan et Stacy, juste pour boire un verre. J'aimerais que nous soyons tous les deux pour leur annoncer la nouvelle de notre mariage, ça ne te gène pas j'espère ? »

- « Oh non mon chéri, tu as très bien fait. Je suis impatiente de leur dire que nous allons nous marier, répondis-je, ravie. A ce propos, nous n'avons pas encore parlé de la date ? »

-« Et bien, prends un calendrier et viens t'assoir vers moi que nous regardions ça de plus près. »

Aussitôt dit aussitôt fait !

-« Bon, nous sommes en janvier, donc nous avons dit l'autre soir qu'il fallait mieux éviter les vacances. Que penses-tu de septembre ? C'est bien septembre, c'est la rentrée, tout le monde est là ! » suggérai-je à Derek qui comprend vite qu'il n'aura pas son mot à dire de toute façon.

- « Ca me semble très bien septembre, voyons quelle date maintenant » dit-il amusé.

Et après quelques minutes, nous nous mettons d'accord pour le 10 du mois. Au même moment, la sonnette de l'entrée se met à tinter et sans attendre de réponse, Dylan entre suivit de Stacy.

- « Salut les amoureux ! J'espère que mon verre est déjà en train de m'attendre ? » s'écrie Dylan avec énergie.

Nous sommes assis tous les quatre, en train de siroter nos apéritifs respectifs, quand je me décide à faire une annonce.

-« Dylan, Stacy ! Derek et moi avons une nouvelle à vous annoncer. »

Je regarde Derek, m'approche de lui et l'enlace.

- « Nous allons nous marier et la date est prévue en septembre » dis-je d'un seul trait.

Dylan manque de s'étouffer et crache le reste de son verre sur le carrelage. Quant à Stacy, elle se lève vers nous en nous félicitant.

- « C'est merveilleux, je suis ravie pour vous deux, vous faites un si beau couple.»

Dylan se lève enfin et congratule son copain.

- « Félicitations Derek, sacré veinard ! »

Il se tourne vers moi et m'embrasse gentiment.

- « Jessie, es-tu sûre de ne pas te tromper dans ton choix de futur mari ? »

Nous nous regardons les trois étonnés quand soudain Dylan s'écrie :

-« Je rigole bien sûr, ravi que tu épouses mon ami de toujours, sacré chanceux ce Derek !»

Ouf ! L'atmosphère qui était devenue quelque peu électrique se trouve à nouveau plus détendue. Quel blagueur ce Dylan, mais quand même, sur le moment, on s'est demandé si c'était du lard ou du cochon, comme aurait dit mon père !

La soirée continue sur le thème du mariage, bien entendu. Stacy et moi parlons de robes de mariée, de faire-part, du choix des fleurs, de l'endroit pour le repas… J'avoue qu'elle est pleine de bonnes idées et lui propose de m'aider pour l'organiser. Bien entendu, elle est ravie. Quant à nos hommes, avachis sur le canapé, ils parlent du dernier match de base-ball ou de basket-ball, je ne sais pas vraiment et peu m'importe !

Plus tard, Derek propose à Dylan d'être son témoin et sa réponse est oui, évidemment. Moi, je n'y ai pas encore réfléchi, peut-être mon amie Carolyn ou Debbie ? Il faut que je réfléchisse à ce dilemme au plus vite mais pas ce soir, ce soir, je savoure ce bonheur tout neuf.

Nos amis partis, Derek m'aide à débarrasser et ranger le salon, sympa !

- « Tu ne l'as pas trouvé un peu bizarre ton copain ? » dis-je depuis la salle de bains tout en me démaquillant.

-« Oh ! Tu sais avec Dylan, on ne peut jamais savoir ce qu'il pense vraiment, répond Derek déjà couché. Il est comme ça depuis toujours, je ne fais plus attention, mais sa blague était un peu déplacée, c'est vrai » en convenu-t-il.

- « Stacy était super contente et elle va m'aider à tout préparer, quelle veine j'ai » dis-je en sautant sur le lit.

- « Viens là, ma belle, plus près, susurre Derek en m'attirant à lui. J'aimerais bien faire l'amour à la future madame Stevenson. »

Et là, bien sur, je fonds

Chapitre V

Les semaines passent vite, dodo boulot, pimentées par les préparatifs du futur mariage du siècle, le mien !

Quand j'ai annoncé la grande nouvelle au travail, les collègues ont gloussé de plaisir et d'envie pour moi. C'est fou l'effet que provoque l'annonce d'un mariage sur les gens ! A croire que c'est l'aboutissement d'une vie de femme ou d'homme peut-être, allez savoir ?

C'est vrai que nous les filles, petites, nous rêvons toutes du prince charmant, mais est-ce que tous les mariages s'annoncent si prometteurs qu'ils le paraissent ?

 Est-ce que le jour J, c'est effectivement le plus beau jour de la vie de toutes les mariées ? Ou certaines se marient-elles parce qu'il le faut, parce qu'elles ne peuvent pas faire autrement, prises dans un tourbillon qu'elles ne peuvent maîtriser ?

Et les hommes, ressentent-ils les mêmes questionnements que nous ? Nous demandent-ils de les épouser juste pour nous faire plaisir, en ont-ils autant envie que nous, ou sont-ils pris, eux aussi, dans un engrenage infernal, une société qui glorifie le mariage ?

Est-ce pour cela qu'aujourd'hui il y a beaucoup de couples pacsés, on se sent moins engagé dans une relation amoureuse dont on ne connait pas la fin ?

Mais nos parents aussi ne savaient pas en se mariant ce que la vie leur réserverait ?

Personne ne peut le savoir, alors faut-il pour cela éviter l'engagement total de deux cœurs qui s'unissent pour la vie ?

D'ailleurs, qui sait ce que la vie nous réserve, personne !

Mais alors, comme nous ne connaissons pas la fin de l'histoire de notre vie, faut-il pour cela ne rien commencer ?

Ne faut-il pas non plus faire d'enfants car nous ne savons pas l'avenir qu'il leur est réservé ?

Toutes ces questions qui tourbillonnent dans ma tête me donnent le tournis et je m'accoude à la table de la cuisine tant j'ai peur de tomber ! Non, Derek et moi nous nous aimons d'un amour pur et simple, c'est pour ça que nous allons nous marier, et rien ni personne ne pourra nous en empêcher et nous aurons un bel avenir, oui, nous aurons une belle vie !

-« Ah ! Bonsoir mon chéri, tu rentres bien tard ce soir ! »

Derek m'enlace en m'embrassant prestement. Ce que ça peut m'énerver ces petits bisous du bonjour et du bonsoir tout légers sur mes lèvres, plutôt faits à la va-vite, alors que j'ai envie d'un bon et gros baiser langoureux qui me laisserait pantoise !

Et vous les filles, d'accord avec moi pour dire à nos chéris qu'ils arrêtent de nous embrasser comme une « vieille habitude ». Que ce dont on rêve à chaque fois, c'est d'un baiser à la façon « hollywoodienne », celui qui nous transporte, nous fait oublier notre dernière dispute, nous montre qu'on leur a manqué et nous prouve la force de leur amour ?

-« Je suis passé voir Dylan, m'explique Derek. Tu ne croiras jamais ce qu'il m'a dit ? Lui et Stacy, c'est fini ! »

Je porte la main à ma bouche et m'écrie :

- « Non, ce n'est pas possible ! Mais quand ? Pourquoi ? Qui a rompu, c'est lui ou elle ? »

- « Il m'a dit que c'est elle qui a voulu rompre. Apparemment, elle a eu une promotion dans son job et est partie pour Boston, tout ça s'est fait très vite. Elle a préféré tout arrêter entre eux, vu qu'il ne semble pas vouloir s'engager plus sérieusement » soupire Derek.

-« Je vais appeler Stacy, elle doit être bien triste » dis-je en m'emparant du téléphone.

- « Ce n'est pas la peine, m'explique Derek, Dylan m'a dit qu'elle avait changé de numéro de téléphone et qu'elle préférait couper les ponts avec son ancienne vie et on en fait partie. »

Je regarde Derek, la bouche ouverte d'où plus aucun son ne sort pour une fois. J'essaie de me rappeler la dernière fois que j'ai vu mon amie. Ah oui ! Ce n'est pas si vieux, il y a... six jours, déjà !

Comme le temps passe vite. Nous nous étions retrouvées autour d'un café. Je lui avais demandé ce jour là si, plus tard, elle pouvait m'accompagner dans ce magasin où l'on trouve des robes de mariées toutes plus belles les unes que les autres. Bien sur, elle en était ravie et flattée et rien dans son attitude ne m'avait laissé penser qu'il y avait un problème dans son couple et qu'elle partirait si loin.

Quel dommage ! Je l'aimais bien, moi, Stacy. Elle va me manquer. J'espère que le destin nous réunira à nouveau, qui sait ?

Cela fait bien deux heures que j'essaie de dormir mais le sommeil ne vient pas. Je ne peux pas m'empêcher de penser à Stacy et à Dylan. Ils formaient un si beau couple. Vraiment, je ne comprends pas ce qui a pu se passer ? Je n'ai vraiment rien vu venir comme on dit... Je me tourne et me retourne dans le lit. Derek a côté semble dormir ou fait semblant, allez savoir ! Je me remémore en boucle les dernières fois où j'ai vu

Stacy et Dylan, et essaie de trouver des éléments qui auraient pu me laisser penser au pire. A bien y réfléchir, c'est Dylan qui m'intrigue par son comportement. D'ailleurs, depuis l'annonce de notre mariage je le trouve un peu bizarre. Comme si il avait les « boules » que son meilleur ami se marie. Peut-être pense-t-il que quelque part il va le perdre un peu ? Mais il devrait savoir, depuis le temps, que jamais nous ne le laisserons tomber, il fait partie de notre vie.

C'est d'ailleurs grâce à lui que j'ai connu Derek et je lui en serai toujours reconnaissante.

Ma meilleure amie Carolyn était dans la même université qu'eux, l'une des plus grandes universités publiques de Los Angeles, l'UCLA, et elle m'avait invitée à une de leur fameuse soirée. Derek n'était pas venu car il avait un gros rhume et ce soir là, je suis sortie avec Dylan que je trouvais charmant. Notre histoire n'a duré qu'un mois car un jour, je lui ai dit que je préférais que nous soyons amis. Je ne ressentais pas cet émoi qui vous transporte au ciel quand il m'embrassait et avant qu'il ne s'attache, si c'est possible de sa part car il avait une réputation de tombeur, c'était la meilleure solution. Par contre, j'aimais sa présence rassurante, son entrain, ses blagues et il était hors de question que je coupe les ponts.

Et un après-midi que j'étais venue à la rencontre de Carolyn à la sortie de son dernier cours, je les ai croisés lui et Derek sur les marches de l'université.

Cette rencontre fortuite bouleversa ma vie comme vous le savez déjà. Un véritable coup de foudre des deux côtés. Cet instant reste gravé dans ma mémoire à tout jamais !

Par contre, je me suis toujours demandée comment il avait été possible que je ne croise pas Derek du tant que j'étais avec Dylan, ils étaient si inséparables ! Durant un mois que je suis sorti avec lui, je n'ai pas souvenir qu'il m'ait parlé de Derek ni de l'avoir rencontré.

Peut-être que le destin en avait décidé autrement et qu'il attendait le bon moment ? Qui peut le dire ? C'est pourquoi je crois à l'adage qui dit « Tout vient à point à qui sait attendre. »

C'est baigné dans ces souvenirs heureux que le sommeil trouva enfin sa place et je sombrai dans les bras de Morphée, un sourire béat aux lèvres.

Le lendemain, après une journée bien remplie par le travail, je retrouvais Carolyn devant un grand magasin de Los Angeles sur Sunset Boulevard. Celui-ci vend de tout : vaisselle, petit électroménager, objets de décoration, linge de maison… parfait pour choisir des articles pour une liste de mariage. Les gens aiment bien dans ces occasions comme le mariage, offrir un objet, quelque chose de concret, plutôt que de donner de l'argent dans une boîte. Cependant aujourd'hui, la plupart des jeunes mariés vivent ensemble et ont déjà acquis tout ce qu'un couple peut avoir besoin pour se sentir bien chez soi et donc préfèrent demander de l'argent, ce qui peut frustrer les futurs invités.

Qui n'aiment pas choisir le cadeau idéal avec ce sentiment de plaisir que procure l'instant où on l'offre ?

Moi, j'adore ça !

Donc je vais laisser le choix aux personnes invitées à mon mariage. Celui de nous offrir un objet où de nous donner de l'argent qui servira, je pense, à faire un voyage. Il faut d'ailleurs que j'en parle à Derek pour savoir ce qu'il en pense. Peut-être a-t-il d'autres envies ? J'avoue que je ne me suis pas posée la question, ça c'est tout nous les filles ! On pense souvent pour nos hommes, pas vrai ? Et après, on s'aperçoit que nous n'avons pas le même point de vue ou parfois ils s'en foutent, simplement pour ne pas rentrer dans un conflit d'où ils savent pertinemment qu'ils n'en sortiront pas vainqueurs.

Carolyn est une fille adorable sur qui j'ai toujours pu compter. Nous nous sommes connues au collège et même si après nous n'avons pas suivi le même cursus scolaire, nous sommes toujours restées amies. On ne se voit pas autant que j'aimerais mais maintenant que j'ai Derek et un travail, il est vrai que j'ai moins de temps pour elle. Je ne l'oublie pas malgré tout et d'ailleurs, elle aussi, est bien occupée par son job. Elle est chef de projet dans une société de publicité.

Je lui envie ses cheveux blonds et bouclés qui lui donne un air de poupée sage, bien qu'elle était plutôt garçon manqué à vrai dire lorsque nous étions petites ! Toujours à défendre les opprimés. C'est d'ailleurs en me défendant contre une bande de filles agressives lorsque nous avions 11 ans que nous avons fait connaissance. Moi, je n'étais pas très bagarreuse alors qu'elle, elle n'avait peur de rien. On dit que les contraires s'attirent et dans notre duo, c'était bien vrai ! Pourtant, elle n'est pas très grande, un mètre-soixante-deux je pense. Mais il faut faire attention aux petites nerveuses, elles sont capables de vous sauter dessus et de vous agripper sans jamais vous lâcher, croyez-moi ! Elle n'est toujours pas mariée, passant d'un mec à un autre, comme Dylan. J'ai bien essayé, à l'époque, de les rapprocher, mais sans succès. Pourtant, ce serait super que ces deux là soient ensemble ! Mais bon, l'amour est ainsi fait, on ne peut pas choisir pour les autres.

Quand je suis rentrée à la maison il était tard, plus de vingt heures ! Je savais que Derek ne devait pas rentrer tôt. J'ai mangé des restes pris dans le frigo et installée devant la télé dans mon lit, je me suis endormie devant une série policière dont je ne saurai jamais qui était l'assassin, pas grave ! Quand on y pense, il se ressemble tous ces feuilletons policiers.

Cette nuit là, je rêvais ! Je regardais Derek partir au large sur un bateau et je lui criais de m'attendre, de ne pas me laisser là, sur le quai. Mais il me regardait sans rien dire, une main en visière sur son front et me souriait. J'hurlais et pleurais pour qu'il revienne vers moi, mais le bateau s'éloignait de plus belle, jusqu'à n'être plus qu'un point à l'horizon puis plus rien. Et je pleurais, pleurais… c'est là que je me suis réveillée en sursaut et en sueur !

Je restais longtemps les yeux ouverts dans le noir de la chambre endormie, me sentant étrangement encore toute retournée et mal à l'aise face au souvenir de ce rêve étrange.

Etait-ce une prémonition ? Quelque chose de mal allait-il m'arriver ?

Je regardais Derek qui dormait à côté de moi. Je ne l'avais pas entendu rentrer, ni se déshabiller, ni se faufiler dans les draps quand j'étais encore assoupie.

Ma grand-mère me racontait quand j'étais petite que nous avions tous un sixième sens mais que beaucoup de personnes ne savaient pas le détecter ou le percevoir. Que notre vie est jonchée de signes mais que nous ne savons pas tous les décrypter.

-« Sois attentive, Jessie, regarde et écoute attentivement les signes autour de toi » me disait-elle d'un air mystérieux.

Etait-ce un de ces signes qui me prévenait d'un danger quant à mon futur mariage avec Derek ?

Je n'osais y penser et mît longtemps à retrouver le sommeil cette nuit là.

Chapitre VI

Les semaines défilent, toutes les unes plus vite que les autres.

Je me marie dans sept jours !

Enfin, le grand jour arrive et c'est tant mieux car je n'en peux plus d'attendre. De plus, tous ces préparatifs ont mis mes nerfs à fleur de peau et je m'énerve pour un oui ou pour un non.

Quant à Derek, je le trouve assez cool. Bien sûr, lui n'a pas fait grand chose ayant pour excuse d'avoir trop de travail. Comme si moi je me tourne les pouces ! Mais bon, vivement que tout se termine et que je reprenne ma petite routine car c'est épuisant de se marier. De plus, je suis sûre que la plus belle journée de ma vie va passer tellement vite que je n'aurai pas le temps de profiter pleinement de tout ce bonheur, zut alors !

Bon, il faut que je me calme et juste prier qu'il n'arrive rien de grave d'ici là.

Heureusement que Carolyn est rétablie car je l'ai choisie comme demoiselle d'honneur.

Il y a environ deux mois, elle a été hospitalisée suite à une fracture ouverte de la cheville. Je ne sais pas comment elle s'est débrouillée, mais en faisant son jogging, son pied s'est emboîté dans un trou et sa cheville s'est complètement tordue. Résultat : une belle entorse avec fracture ouverte et un mois de béquilles au moins !

Je me souviens m'être précipitée la voir à la clinique, inquiète pour mon amie mais aussi, je dois le dire, égoïstement inquiète pour moi et l'avenir de ma demoiselle d'honneur. Dylan m'a rassurée, l'opération s'étant bien passée, et dit qu'elle serait « opérationnelle » le jour J. Je n'aurais pas dû en douter car Carolyn fait partie de ses « battantes » comme on dit. D'ailleurs, durant son séjour à la clinique de Dylan, elle a mis à « feu et à sang » son service tant elle a fait rire l'équipe médicale en faisant la course avec ses béquilles dans les couloirs tout en jurant comme un charretier.

Je me souviens d'une infirmière en particulier, très sympa, avec qui elle s'est liée d'amitié et qu'elle revoit à l'occasion. Comment s'appelle-t-elle déjà ? Ah oui, Meg je crois ! Une rouquine un peu plantureuse avec de longs cheveux ondulés et des lèvres charnues. Elle est employée dans cette clinique depuis peu et d'après Carolyn, a un petit ami très jaloux qui vient la surveiller continuellement à son travail. C'est d'ailleurs en parlant de lui qu'elles sont devenues copines car pour Carolyn, avoir un petit copain « peau de colle », c'est de la science fiction !

Pendant que je finis de me préparer et que je vois dangereusement l'heure tourner, le téléphone sonne, je décroche.

- « Allo ! ».

La voix de ma mère que je reconnais de suite me répond :

-« Allo, Jessie ? C'est maman. Comment vas-tu ma chérie ? Et les préparatifs, tout est prêt ? Nous arriverons avec ton père le jeudi soir et... »

Comme d'habitude, maman ne me laisse pas répondre et enchaîne les questions mais je ne me laisse pas faire et réussit enfin à lui couper la parole.

- « Merci, je vais très bien, et pour mon mariage tout est prêt. Si j'ai bien compris, vous arrivez le jeudi. Dis-moi à quelle heure et je viendrai vous chercher à l'aéroport, maman ».

Au bout du fil, j'entends maman soupirer et se retenir de parler. Je l'imagine habillée d'une façon comme elle aime, c'est-à-dire, plutôt cool : pantalon en toile style fuseau et par-dessus, une liquette colorée pour cacher les quelques rondeurs qui se sont installées autour de ses hanches avec le temps. Ses cheveux doivent être retenus par un bandeau qu'elle affectionne ta nt, car elle laisse ses cheveux longs tomber sur ses épaules, comme papa a toujours préféré. Décidemment, les hommes de la famille aiment bien les cheveux longs pour leur compagne, me dis-je au fond de moi-même, me rappelant que c'est aussi ce que préfère Derek.

Et la conversation se poursuit ainsi, tournant autour de mon mariage, jusqu'au moment ou j'entends maman me dire :

-« Bon au revoir, ma chérie et à jeudi. Ton père t'embrasse » et hop ! Elle me raccroche au nez.

Je finis enfin de m'apprêter tout en maugréant après ce fichu téléphone qui sonne toujours quand il ne faut pas. Mais je me demande quand est finalement, le moment, pour qu'il sonne à bon escient. Je dois bien l'admettre au fond de moi, je crois que ce fichu engin pourrait bien sonner n'importe quand, il me dérangera toujours.

Je sors de chez moi, monte dans la voiture et roule en direction de L.A., jusqu'au magasin où j'ai réservé la plus belle robe de mariée dont on puisse rêver !

La vendeuse m'attend pour les derniers essayages et me reçoit avec un large sourire lorsqu'elle me voit arriver. Tu parles ! Au prix où je l'ai payée, elle peut me dérouler le tapis rouge ! Mais bon, c'était cette robe que je voulais, et comme on dit « ce que femme veut, homme peut. » On devrait dire plutôt « doit » sinon gare à la colère d'une femme, elle peut être terrible et tenace !

Je me regarde attentivement dans la grande glace posée contre le mur du salon d'essayage et je me trouve divinement belle. Il faut dire que ma robe est splendide ; un satin blanc orné par endroits d'une dentelle fluide et légère, agrémentée de petites perles blanches. Le bustier de cette robe me donne un air altier et met en valeur ma poitrine. Le tissu de la robe suit les courbes de mon corps et me fait paraître plus grande et une longue traîne de satin blanc sur laquelle, j'espère, personne ne se prendra les pieds, finit l'ensemble.

Quelle beauté ! Devinez de qui je parle, de moi ou de la robe ? Et bien, les deux évidemment !

J'ai choisi de relever mes cheveux en un chignon de style « décoiffé » auréolé de boucles qui voleront le long de ma nuque et des oreilles. De plus, des petites fleurs blanches pailletées d'argent seront piquées de ci, de là, dans l'ensemble de la coiffure.

J'ai décidé de me maquiller seule car je me défends plutôt bien et connais ce qui me va ou pas.

J'ai choisi un bouquet de roses blanc et rose pâle, simple ; je suis assez traditionnelle d'une certaine façon.

Je suis convaincue que lorsque Derek me verra sur les marches de l'autel, il en restera bouche bée. C'est bien ce qu'espèrent toutes les futures mariées, n'est-ce-pas ? Se voir dans les yeux de l'homme qu'elles aiment et vont épouser, la plus belle femme du monde, et aussi la plus belle parmi toutes les invitées, soyons folles !

Après cette matinée chargée d'émotions, je retrouve pour déjeuner Derek dans un petit restaurant, situé non loin de son travail. Il faut bien que l'on se voit de temps en temps, tout de même ! Et puis, il nous faut finaliser quelques détails. J'arrive avant lui et m'installe illico autour d'une table de deux. Je n'ai même pas le temps de prendre la peine de regarder le menu du jour, que déjà, je le vois qui arrive et se dirige prestement vers moi. Il m'embrasse tout sourire et s'assied à son tour. Je n'y vais pas par quatre chemins et rentre dans le vif du sujet qui nous a réunit ce midi.

-« Bien, mon chéri, faisons le point : la salle, la déco, la musique et le traiteur, c'est fait ! Par contre, on est bien d'accord, la veille tu couches chez Dylan car j'ai besoin d'être seule pour me préparer ; d'ailleurs maman sera là pour m'aider. »

Derek me regarde, un petit sourire narquois légèrement esquissé sur les lèvres :

-« Ne t'inquiète pas Jessie, tout est parfait et oui, j'ai prévu de dormir chez lui, mon costume s'y trouve déjà. Au fait, Dylan m'a préparé une petite fête samedi, histoire d'enterrer ma vie de garçon. Et toi, tu as prévu quoi ? »

-« Ne te fais pas de souci, tout est prévu aussi de mon côté, les filles s'en sont chargées et comme toi, c'est samedi soir » répondis-je malicieusement.

En effet, s'il savait !

Les copines m'ont prévu un programme chargé qui va commencer dès le début de l'après-midi. Un défilé déguisé, je ne sais pas en quoi, dans les rues de Los Angeles, suivi d'une visite dans les hôpitaux habillées en clown avec obligation de faire rire les malades. Le soir, repas dans un resto branché où dansent des chippendales, de beaux garçons qui se dénudent devant nous et les connaissant, je vais devoir danser avec eux en me trémoussant sur la piste, ça, je pense que j'y ai droit ! Quel programme ! …

Le reste de la semaine est passé comme une trainée de poudre, c'est-à-dire, trop vite.

…Il est quatre heures du matin ! Je prends une douche, me démaquille et brosse mes dents et vite, je me faufile sous les draps vêtue d'un pyjama léger.

Quelle soirée ! Je m'en souviendrai de mon enterrement de vieille fille !

Elles m'ont déguisée en hot-dog et j'ai dû défiler dans les rues durant, ce qu'il m'a semblé, plusieurs heures. Dans ce costume étrange, je suais à grosses gouttes et à la fin, ne sentais plus mes pieds d'avoir tant marché. Les copines n'en pouvaient plus et n'ont pas arrêté de rire aux éclats, pas moi ! Je pense que lorsque Derek verra les photos qu'elles n'ont pas oublié de prendre, il rira lui aussi.

Par contre, j'ai bien aimé le moment où, déguisées en clown, nous avons toutes fait rire les enfants malades dans plusieurs hôpitaux. C'était magique de voir leurs yeux écarquillés et leur sourire d'enfant rempli de cette naïveté propre à leur âge.

Après nous être lavées, changées et apprêtées, un bon repas bien arrosé fut le bienvenu. Et bien sûr, le spectacle avec les chippendales !

Comme je l'avais prévu, il a fallu que je sois le centre d'intérêt de ces messieurs qui, je pense, étaient mis dans la confidence.

Carolyn avait tout prévu ! Elle avait préparé un paquet de billets de 5 dollars qu'il a fallu que je glisse par petits coups dans ce qui ressemblait à un string. Ces messieurs se frottaient à moi pour que je leur en donne plus et j'ai bien été obligé de jouer le jeu en me dandinant autour de leurs corps superbes et musclés.

Je dois dire que sur la fin, le champagne aidant, je sentais leurs mains qui me pelotaient plus que de raison ! Heureusement que Derek n'était pas là !

A tout bien pensé, blottie dans mon lit, je me demande si lui aussi, a eu droit à ce genre de soirée quelque peu « spéciale » ?

J'espère en mon for intérieur que non, mais connaissant Dylan, j'ai bien peur qu'à la place des chippendales, mon chéri ait eu droit à des stripteaseuses !

C'est bien fait pour moi, il n'y a pas de raison que moi j'ai droit de le faire et pas lui, mais quand même, ça me fout les boules !

La tête pleine des souvenirs que j'ai vécus ce soir et de ceux de Derek que j'imagine, je m'endors enfin, vaincue par la fatigue et les restes d'alcool. Je sombre dans un sommeil profond quand la sonnerie stridente du téléphone me sort de ma torpeur.

J'ouvre difficilement les yeux et regarde mon radioréveil. Six heures du matin ! Je me redresse et tends la main pour décrocher le combiné.

Oh ! Cette sonnerie me rend dingue.

Mais qui peut bien appeler à cette heure indue ?

Chapitre VII

Quelle barbe cette pluie ! Pourtant, hier, il a fait un soleil de plomb toute la journée. C'est vrai que ça fait du bien qu'il pleuve, mais le ciel aurait pu attendre que je sois rentré enfin chez moi pour se déchaîner !

C'est dans ces pensées que Derek, tout embrumé par sa folle soirée, roule sur l'autoroute qui le ramène chez lui.

Quelle journée, mes amis !

Un petit sourire se dessine sur son visage fatigué lorsqu'il se remémore sa soirée d'enterrement de vie de garçon que lui avaient concoctée ses amis, et surtout ce dingue de Dylan !

Evidemment, il a fallu défiler habillé en joueur de base-ball dans les allées de l'université où lui et Dylan ont passé tant d'heures à apprendre par cœur des leçons entières. Bon, ça ce n'était pas trop méchant. Les étudiants sont habitués à ce genre de plaisanterie et sont assez sympas pour participer gaiement et chahuter avec les « intrus ».

Après, retour chez Dylan où là, « open bar » autour de la piscine et c'était à celui qui faisait la plus grosse « bombe ».

Heureusement que lui, Derek, s'est bien tenu et n'a pas trop bu pour pouvoir rentrer chez lui, car dormir au milieu d'un parterre de bouteilles et de verres vides, agrémenté d'un concert de ronflements tous plus forts les uns que les autres, très peu pour lui !

La voiture fait une embardée et Derek sert encore plus fort le volant en se concentrant sur la route, du moins ce qu'il peut en voir tant les rafales de pluies qui s'abattent sur le pare-brise sont violentes.

-« Vivement que je sois arrivé, grommelle Derek tout haut en regardant sa montre qui indique cinq heures trente du matin. N'empêche, quelle soirée ! » pense-t-il à nouveau.

Quand il a vu arriver la fille, une belle grande brune, cheveux longs, maquillage un peu trop accentué et tenue sexy, il a tout de suite compris quelle serait la suite du programme !

Et ça n'a pas loupé ! Elle était là pour lui et lui a fait un show langoureux tout en se déshabillant dans un streptease digne des grands shows d'Hollywood. S'il n'avait pas été aussi amoureux et aussi prêt à se marier, il ne serait pas resté de marbre comme ce fut le cas ! Mais il doit bien se l'avouer, ce fut au prix de gros efforts de concentration et de respiration contrôlée qu'il a su bien se tenir et grâce à son self-control, il pourra toujours regarder Jessie dans les yeux sans se sentir coupable de quoi que ce soit. A tout bien pensé, il suffit d'un rien pour qu'une histoire d'amour finisse mal et d'un rien aussi, pour que tout se termine bien.

Mais l'apothéose, c'est quand d'autres filles toutes aussi belles et sexys sont venues sonner à la porte d'entrée, au grand contentement des copains présents, tous prêts à oublier leurs nanas, pour ceux qui en avaient une.

Derek n'était plus si sûr, qu'un jour, il avait été comme eux, ses copains de toujours, quand ils les voyaient se comporter comme de vulgaires « primates » devant une « femelle » ! Mais il avait quand même, bien rigolé, et se sentait redevable, devant son ami Dylan, pour tout le mal qu'il s'était donné, bien qu'au fond de lui, une petite voix lui disait que Dylan avait préparé la soirée de ses rêves, à lui. Mais comme c'était bon d'avoir un ami sur qui compter par ces temps qui courent !

Derek en était à ces pensées heureuses, tant au passé qu'à l'avenir, quand la voiture roula sur une flaque d'eau si grande, que la voiture se mit à glisser sur plusieurs mètres, comme un patineur sur la glace, avec grâce et douceur.

Mais hélas, celle-ci toucha la rambarde où la carrosserie s'écrasa comme on écrase une cannette de coca dans ses mains.

Puis la voiture rebondit et se mit à faire des tonneaux.

Durant ces quelques secondes où la voiture tournoya, Derek se revit petit, à six ans, lorsque son père lui apprenait dans la cour à faire du vélo sans roulettes.

Puis, il se vit avec Dylan lorsque tous deux reçurent leur diplôme ; la première fois où Jessie lui a sourit, sa demande en mariage… C'était donc vrai ? On voit défiler le cours de sa vie dans ce genre de situation, celle où l'on ne sait pas qu'elle sera la fin de l'histoire !

La voiture arrêta enfin sa danse folle plusieurs mètres plus loin et se remit sur ses quatre roues, dans un silence effrayant.

La dernière fois que Derek ouvrit les yeux, il ne vit pas grand-chose, sa tête étant enfouie dans le ballon soufflé par l'airbag du système de sécurité de la voiture.

Il ne ressentait rien, aucune douleur, puis lentement il sombra dans les ténèbres.

-« Appelle vite la police ! Dis-leur qu'il y a eu un accident sur l'autoroute n°10 à 1 km de Los Angeles. Allez, remue-toi ! »

L'homme regardait sa femme tout hébétée dont les mains tremblaient en essayant d'attraper son téléphone portable enfoui au fond de son sac.

-« Merde ! pensa tout bas la femme. J'aurai dû faire le tri dans mon sac comme Luigi me l'avait demandé. »

L'ayant enfin trouvé, elle regarda son mari, triomphante.

Avec Luigi ils avaient tout vu. Ils suivaient cette grosse voiture noire depuis Santa Monica. Ils avaient pris quelques vacances et avaient prévu de visiter Los Angeles, surtout les quartiers qui abritent les stars et elle comptait bien traîner son mari sur Hollywood Boulevard, l'épicentre de l'industrie cinématographique. Elle adorait le cinéma !

Pendant qu'elle composait le numéro, elle vit son mari sortir de la voiture et se précipiter vers l'accident, sous la pluie battante.

L'homme n'osait pas trop regarder, ayant peur de ce qu'il allait découvrir. Mais il ne vit qu'un homme inconscient, avachi sur l'airbag qui s'était déclenché pendant le choc. L'homme avait le visage ensanglanté et il vit une grosse plaie sur son front.

- « Zut ! J'aurais dû faire ces cours de secourisme comme Wendy le désirait » grommela-t-il.

En effet, sa femme lui rabâchait depuis plusieurs mois de s'inscrire à ces cours.

- « Tu verras, mon chéri. Je suis certaine que ça te plaira d'apprendre les gestes de premier secours. En plus, ce sera très utile si un jour l'un de nos petits-enfants se blessent. »

Sa femme avait toujours peur que ses « petits trésors » comme elle les appelle, les deux enfants de leur fille, ne se blessent lorsqu'ils les avaient en garde. Mais cette fois-ci, elle avait raison, car il ne savait pas du tout quoi faire à cet instant.

Il fit le tour de la voiture et constata qu'il n'y avait personne d'autre qui gisait à l'intérieur.

-« Tant mieux », pensa-t-il soulagé. Depuis le temps qu'il économisait pour offrir à sa femme ce petit voyage qu'elle désirait depuis si longtemps, ce n'était vraiment pas de bol ! Il a fallu que ça tombe sur eux. « J'espère que la police ne va pas trop nous embêter avec toutes leurs questions. De toute façon, à part une voiture qui zigzaguait toute seule devant nous, on a rien vu d'autre », maugréa-t-il tout seul.

La police arriva sur les lieux 6 minutes plus tard, mais ces 6 minutes semblèrent une éternité pour Wendy et Luigi qui racontèrent à un officier de police tout ce qu'ils savaient.

Mais ils étaient tous les deux soulagés que d'autres personnes prennent la relève ; cet accident les avait vraiment ébranlés et ils avaient hâte de se retrouver dans le calme et le confort de leur chambre d'hôtel qu'ils avaient réservée e de commencer leur petit week-end romantique.

L'ambulance était là, elle aussi. On avait sorti Derek de la carcasse et mit sur un brancard. Un médecin lui donnait les premiers secours tout en lui apposant un masque à oxygène sur le visage, mais il était vivant ! Un brancardier se renseignait par radio où l'accidenté pouvait être transféré. Le grand hôpital de L.A. semblait complet et ne pas pouvoir les accueillir quand un policier s'écria :

- « Hé, regardez ce qu'il y a sur le pare-brise ! Il y a un autocollant avec le logo de la clinique de Santa Monica et ça dit : « En cas d'urgence, appelez le Docteur Dylan Westwood » Il y a son numéro de téléphone, attends, je te le donne. »…

-« Allo ! répondis-je doucement, la bouche un peu pâteuse. Qui est-ce ? »

-« Jessie, c'est moi, Dylan. J'imagine que je te réveille mais il est arrivé quelque chose. »

A ces mots, tous mes sens se mettent en réveil et je sors de mon lit encore tout chaud et m'assieds au bord. Je manque de lâcher le téléphone des mains mais le rattrape vivement pour le remettre vers mon oreille. Je suis complètement réveillée cette fois et un frisson glacé s'empare de tout mon être.

-« Dylan, c'est toi ? Qu'est-ce qu'il y a, c'est Derek ? Oh, mon dieu, ne me dis pas qu'il est arrivé quelque chose à Derek ? »

Ma gorge s'est nouée en prononçant ces derniers mots et je sens monter en moi une boule d'angoisse qui manque presque m'étouffer.

Et j'entends ces mots qui vont faire que le monde s'écroule autour de moi, ceux que tout le monde redoute dès l'instant que l'on chérit un être et qui bouleverse votre vie.

-« Derek a eu un accident de la route en rentrant, il est encore vivant mais il faut que tu viennes tout de suite à la clinique ; je préfère te l'avouer, c'est grave Jessie » dit Dylan la voix brisée.

Je sens qu'il se retient de pleurer, lui le grand Dylan. Et moi, je voudrais me rouler sur le lit en hurlant ; je voudrais laisser aller ces larmes qui, je le sens, essaient de couler, mais je les retiens tant que je peux.

Il faut que j'agisse !

Je m'habille en hâte, un pantalon et un tee-shirt font l'affaire, prends mon sac à main et cours à la voiture. Dehors, il s'est arrêté de pleuvoir et il plane dans l'air une drôle d'odeur, mélange de terre séchée que l'on a mouillée. Tout est calme, comme un arrêt sur image. Je prends un grand bol d'air et prends le temps d'inspirer à fond, comme le font les athlètes de haut niveau avant de se lancer dans la compétition. Je ne me suis rends même pas rendu compte que mon visage est noyé de larmes silencieuses. Ces larmes que j'ai tenté de retenir tant que j'ai pu, coulent sur mon visage sans que je ne puisse plus les retenir. Je les essuie d'un revers de la main et monte dans la voiture.

En roulant trop vite vers la clinique, je me remémore tout ce bonheur qui m'inondait, avant, et qui maintenant, s'échappe de ma vie pour aller ou ? Vers qui ?

Ce n'est pas possible, ça ne peut pas être vrai, m'arriver à moi !

Mais qu'ai-je fait pour que le malheur s'abatte sur moi ?

Je le savais, j'aurais dû m'en douter. Tout ce bonheur, c'était trop beau. Oh, mon amour ! J'arrive, tiens bon. Je t'en supplie, ne m'abandonne pas, pas maintenant. On doit se marier, je vais devenir ta femme et toi, mon époux. Pitié, seigneur, ne me le prenez pas ! Laissez-le vivre, devenir le père de mes enfants.

Je suis là, seule, dans ma voiture qui m'emmène vers un destin rempli de noirceur, et je prie Dieu pour que, dans sa bonté, il épargne l'homme de ma vie. Je me lamente sur mon sort et le flot de mes larmes n'est toujours pas tarit.

Dans un moment de lucidité, je me demande comment je fais pour ne pas faire, moi aussi, un accident. Il semble que la voiture se dirige seule car je conduis comme une automate.

…Les grilles de la clinique apparaissent enfin. Je les franchis et me gare.

En sortant de la voiture, je m'aperçois que tous mes membres tremblent, non de froid, mais de peur.

Je cours vers l'entrée et monte les quelques marches deux par deux. Je rentre essoufflée. La jeune fille qui se trouve derrière le bureau des admissions me reconnaît et n'ose pas me sourire. Elle me fait signe d'aller à droite et prend le téléphone. Je pense qu'elle prévient Dylan de mon arrivée car déjà, je le vois qui vient à ma rencontre dans le couloir. Il me tend les bras et je me réfugie dans ceux-ci ; ils sont forts et puissants mais le silence qui s'ensuit ne me laisse rien présager de bon.

Après quelques secondes d'étreinte, je me dégage et le regarde droit dans les yeux.

-« Dis-moi qu'il est toujours vivant et qu'il va s'en sortir, je t'en prie Dylan, dis-le moi ! »

Mes yeux noyés scrutent son visage fermé et le supplient de me répondre ce que j'ai tant envie d'entendre.

- « Ecoute, Jessie, pour l'instant Derek est en vie, mais il est dans le coma. On est en train de lui faire des examens, j'en saurai plus tout à l'heure. C'est tout ce que je peux te dire, soupire t-il. Il va falloir être patiente et surtout être forte. Derek va avoir besoin de tout notre amour pour s'en sortir. Je dois te laisser et aller m'occuper de lui. Repose-toi dans la salle d'attente, prends un café. Dès que j'ai du nouveau, je viens te voir, promis, finit-il par me dire en posant un doux baiser sur ma joue. »

Je le regarde s'éloigner dans sa blouse blanche et je reste là, plantée, les bras ballants, avec une envie féroce de m'écrouler là, où je me trouve, et de me laisser sombrer dans une crise de démence.

Mais je n'en fais rien et, comme me l'a suggéré Dylan, je me dirige vers la salle d'attente où plusieurs personnes occupent leur temps à attendre et espérer qu'on leur apporte de bonnes nouvelles. Il y a là, assis chacun sur une chaise, un couple d'une quarantaine d'années. Peut-être attendent-ils des nouvelles de leur enfant malade ? La femme tient un mouchoir devant son visage, ses yeux sont fermés et ses épaules se lèvent et se baissent doucement sous l'effet des ses pleurs étouffés. Quant à l'homme, son mari semble-t-il, il l'encercle tendrement de son bras droit et de l'autre lui caresse la cuisse dans un geste qui se veut rassurant. Sur la droite, un homme beaucoup plus âgé est en train de lire un journal et un autre, plutôt la petite trentaine, boit un café qu'il a dû se servir au distributeur du coin. Sur la gauche, une femme et une jeune fille chuchotent dans leur coin. Elles semblent très inquiètes par la façon qu'elles ont de lancer de petits regards furtifs toutes les cinq secondes vers l'entrée.

Assise sur un fauteuil, je me demande si tout ça ne fait pas partie d'un cauchemar. Mais oui, c'est ça ! Je vais me réveiller dans mon lit douillet, Derek sera endormi à mes côtés, le soleil inondera la chambre et je sourirai en repensant à cet horrible cauchemar qui a envahi ma nuit.

Je me pince le bras violemment et espère me réveiller.

-« Aie ! »

Je me suis fait mal et je suis toujours assise dans cette salle avec tous ces inconnus qui me regardent tristement. Bien sûr, ils se doutent qu'un drame est survenu dans ma vie puisque je suis là, les cheveux défaits, le visage collé par les traces de larmes et le regard hagard et inexpressif

Chapitre VIII

Je suis assise dans la pénombre d'une chambre d'hôpital. Tout est blanc, immaculé. Les volets sont à moitié fermés et le soleil qui se lève essaie déjà de s'infiltrer par les petites ouvertures, ce qui donne un ballet d'ombres dans la chambre.

Je regarde le lit installé devant moi où se trouve le corps de mon « bien-aimé ».

Il semble comme endormi, mais le bruit de la machine qui le relit à la vie encombre le silence de la chambre.

Derek est en vie !

Mais que reste-t-il de l'homme que j'ai connu et aimé ?

Va-t-il un jour me prendre à nouveau dans ses bras, me sourire de son sourire si désarmant ?

Quelqu'un toque à la porte et je m'entends machinalement dire « entrez ! » Sa mère entre dans la chambre. Je l'ai appelée pour la prévenir que son fils est entre la vie et la mort.

Je n'ai pas de très bonnes relations avec elle, il faut dire que Derek non plus ; c'est plutôt « tendu » entre la mère et son fils.

Derek m'a expliqué que, lorsqu'il avait 15 ans, son père a surpris sa mère avec un autre homme dans leur lit. Le pauvre homme était rentré plus tôt que prévu d'un séminaire. Est arrivé ce qu'il était à prévoir lorsque l'un des deux époux trompe l'autre, la découverte de l'adultère !

Ceux qui croient qu'ils peuvent impunément tromper leur partenaire sans jamais se faire attraper se mettent le doigt dans l'œil car, ça mettra le temps qu'il faudra, mais ce genre de « tromperie » finit toujours par se savoir, croyez-moi ! Il est vrai que certaine fois, la vérité peut mettre beaucoup de temps à être découverte mais même si ça dure des années, tout finit par se savoir.

Pour certaines personnes c'est d'ailleurs certainement une délivrance, trop lâches pour avoir le courage de dire la vérité, et çà les arrange bien !

Pour d'autres qui se contentent de vivre dans la fourberie et le marivaudage et que le mensonge arrange, la chute peut être terrible mais c'est tant pis pour eux, ou elles !

Bref, après cet instant digne d'un « vaudeville », le père de Derek a quitté sa femme et il en a toujours voulu à sa mère depuis ce jour. Heureusement, Derek était le seul enfant du couple. Je dis heureusement car ce sont toujours les enfants qui pâtissent des conséquences qui découlent des problèmes d'adultes. Donc, un seul enfant qui souffre de la séparation de ses parents c'est déjà un enfant de trop !

Puis son père est parti s'installer à Sacramento et je crois qu'il vit avec quelqu'un depuis quelques années mais ne s'est jamais remarié. Depuis ce jour, il ne s'est plus trop occupé de son fils, peut-être que de le voir lui rappelait trop les tromperies de sa femme ? Mais ce n'est pas juste car dans ce genre d'incident, souvent les enfants trinquent eux aussi alors qu'ils n'y sont pour rien.

Quant à la mère de Derek, elle s'est vite remariée avec une espèce de grosse « brute » qui, ma foi, n'a pas inventé la poudre, ça c'est sûr ! Derek et lui ne s'entendent pas, donc on ne les voit guère, mais je n'ai pas pu faire autrement que d'appeler ma future belle-mère suite à cette tragédie que nous vivons. De toute façon, ils étaient évidemment tous invités au mariage et avaient tous répondus présents.

-« Jessie, ma chérie, mais c'est épouvantable ! Expliquez-moi tout, que disent les médecins ? »

Elle me regarde avec des yeux affolés, je ne pense pas qu'elle simule son air inquiet.

-« Melinda ! Bon..bonjour, dis-je en balbutiant et retenant mes larmes. Les médecins ne se prononcent pas trop, il est toujours dans le coma et ne m'en disent pas plus. Il peut en sortir d'un jour à l'autre ou jamais. »

Ma voix s'éraille à ces mots et je sens ma gorge se nouer et les larmes couler à nouveau sans que je ne puisse rien faire pour les retenir.

-« Il a fait des tonneaux avec sa voiture en rentrant de son enterrement de vie de garçon. Il s'était mis à pleuvoir des trombes d'eau et la voiture a fait de l'aquaplaning apparemment, expliquai-je. »

Elle me sert dans ses bras d'où j'essaie de me dégager mine de rien pour ne pas l'offenser. Cet effusion me gêne car je ne suis pas habituée, venant de sa part, à ce genre de contact.

Je me dis, au fond de moi, que même si ça n'avait pas été la mère de Derek et qu'elle n'avait pas commis l'irréparable pour être devenue « paria » dans la vie de son fils, ce n'est pas le genre de personne que j'apprécierais beaucoup.

Je la regarde se tamponner le nez de son mouchoir avec des gestes délicats et déjà, tout m'irrite chez elle. Ses cheveux apprêtés et laqués, son maquillage sophistiqué avec des lèvres pincées qu'elle s'évertue de barioler de rouge. Son tailleur certainement de grande marque lui donne un air de « bourgeoise » qu'elle affectionne. Derek m'a toujours dit que sa mère adorait l'argent et qu'elle reprochait à son père de ne pas en gagner assez pour mener le train de vie dont elle rêvait. Son deuxième mari lui, est un riche texan issu d'une famille ayant fait fortune dans le pétrole, comme par hasard ! Je suis contente qu'elle ne soit pas venue avec lui, j'aurais eu du mal à les supporter tous les deux.

Contre toute attente, je l'entends murmurer en s'adressant à son fils, inerte :

-« Je sais que je n'ai pas été la mère que tu aurais voulu que je sois, mais sache que je t'aime plus que tout, tu es mon seul fils chéri. Je t'en supplie, ne me meure pas, reviens vers nous. J'essaierai de ne plus te décevoir, je te le promets. »

Puis, elle se tourne vers moi, les yeux noyés de larmes et droit dans les yeux, je l'entends me dire :

-« Sachez Jessie, que je suis heureuse que Derek vous aie dans sa vie et que j'aurais été très fière de vous avoir comme belle-fille. Je souhaite sincèrement que ce mariage ait lieu car je vous apprécie beaucoup, bien que vous ne m'aimiez pas beaucoup et je ne vous en veux pas pour ça, n'ayez aucune crainte. »

Je suis surprise par cet excès de sincérité et par le chagrin de cette femme. Je la regarde et m'aperçois qu'elle a vieilli depuis la dernière fois que je l'ai vue. Elle a des rides marquées autour des yeux et de la bouche d'où fuit un peu son rouge à lèvres. Je ressens un élan de pitié pour elle et je m'entends lui répondre :

-« Vous savez Melinda, je pense que nous sommes parties toutes les deux du mauvais pied et c'est dommage qu'il ait fallu attendre cet incident pour que nous puissions nous rapprocher. Finalement, il y a quelque chose de bon dans le malheur. Je vous promets, qu'à l'avenir, j'essaierai d'être plus sympa avec vous. Et je vous promets aussi qu'une fois Derek sorti d'affaire, je lui parlerai et l'obligerai à se rapprocher de vous. »

-« Merci Jessie, ce que vous me dites me touche beaucoup. »

Et la conversation entre nous s'arrêta là, tout avait été dit finalement.

Après être restée dans la chambre environ une heure, Melinda me dit qu'elle a un rendez-vous chez son dermatologue qu'elle n'a pu annuler car elle l'attend depuis plusieurs mois.

- « Allez-y, Melinda, ça ne sert à rien que nous restions les deux à veiller sur lui. Je vous appelle s'il y a du changement, répondis-je soulagée qu'elle me laisse enfin seule avec mon désespoir. »

-« Prenez soin de lui pour moi, voulez-vous ? murmura-t-elle en sortant de la chambre.

Et je reste seule dans la pénombre de la chambre où je scrute les appareils qui relient l'homme que j'aime à la vie. …

…Cela fait 5 jours que je suis là, jour et nuit, à attendre un miracle ! Je me suis à peine laver depuis, juste servie du lavabo d'à côté pour le strict minimum. J'ai très peu mangé car toute nourriture me donne des hauts le cœur. Mon corps tolère à peine de boire l'eau fraîche que m'apportent régulièrement les infirmières. Je dois ressembler à un épouvantail, mes cheveux emmêlés et simplement retenus par un élastique. Mais je ne veux pas m'occuper de mon apparence alors que Derek est entre la vie et la mort. Que m'importe toutes ces considérations sur les apparences ! Je m'en fous, je me fous de tout à vrai dire, il n'y a que Derek qui m'importe !

J'espère de toute mon âme qu'il va se réveiller, mais que cette attente est longue et lourde à vivre !

Je prie le ciel de m'accorder le privilège de retrouver celui qui me fait vibrer depuis plusieurs années, Derek !

Il est tout ce que j'attendais et espérais.

Que vais-je faire sans lui ?

Comment vivre sans lui ?

C'est vrai que je suis la première à dire, à qui veut l'entendre que, si on est patient, la vie peut nous sourire à nouveau après un chagrin d'amour mais là, devant moi, c'est la moitié de mon moi qui repose devant mes yeux.

Alors s'il y a un après Derek, que va devenir la « Jessie » qui était si heureuse et amoureuse ?

Soudain, Dylan entre dans la chambre.

-« Pas de changement ? dit-il en scrutant mon visage aux traits tirés. »

Je contemple le visage du meilleur ami de Derek qui lui aussi, semble fatigué.

C'est fou comme le cours de la vie peut être étrange. J'aurais dû me marier dans deux jours et au lieu de ça, j'ai appelé pour tout décommander. Le plus dur, c'est de contacter tous les invités et leur expliquer le problème. Recommencez sans arrêt le même discours avec au final les pleurs, d'un côté comme de l'autre, cela demande un effort surhumain ! Car chacun, et c'est normal, se sent concerné et consterné à l'instant présent. Mais la personne qui explique et raconte le drame, en l'occurrence moi, elle revit sans arrêt le stress de l'accident avec le coma et tout... C'est terrible !

Le pire, c'est quand je l'ai dit à ma mère. Elle hurlait en pleurant au téléphone. Pour finir, elle m'a dit que tout allait peut-être bien se passer et de rester optimiste quant à l'avenir.

- « Tu vas voir, ma fille, demain il sera réveillé et tout cela ne sera plus qu'un mauvais souvenir, a-t-elle dit en prenant un air qui se voulait réconfortant. »

Mais chère maman, crois-tu que c'est ce genre de discours que j'ai besoin d'entendre en ce moment ?

Non ! J'ai besoin que tu me prennes dans tes bras et que tu me dises :

- « Allez ma fille, pleure, laisse-toi aller, ça fait du bien ! »

J'ai envie que l'on me plaigne car ma douleur est immense. J'ai besoin tout simplement d'empathie, de compassion ! Au lieu de ça, on vous dit que tout va s'arranger pensant que ça vous fait du bien d'entendre ces mots. Mais ce n'est pas vrai, moi ça ne me fait pas du bien.

-« Non Dylan, aucun changement, dis-je d'un air las. »

- « Tu devrais venir t'installer chez moi Jessie, répond Dylan. Va chercher des affaires chez toi et surtout prends une douche, change-toi et mange quelque chose, ordonne-t-il d'un air péremptoire. Tu sais que j'habite à cinq minutes de la clinique, donc tu seras mieux chez moi. Tiens, voici un double des clés. Tu connais la maison, fais comme chez toi, la chambre d'amis n'attend plus que toi, continue-t-il plus doucement. »

Il a raison, il faut que je me bouge, sinon je vais devenir folle et ça n'aidera en rien Derek.

-« D'accord ! Je vais chez moi prendre des affaires et je m'installe chez toi. Merci pour tout, dis-je en l'embrassant sur les deux joues. Tu es un véritable ami. »

Lorsque j'arrive chez moi et que j'ouvre la porte, un grand silence règne à l'intérieur. L'endroit me semble si calme et si lugubre, que je suis contente d'avoir pris la décision de m'installer chez Dylan. Cette maison sans Derek ne signifie plus rien et me renvoie à mes souvenirs heureux. Mais pour l'instant, ils sont trop douloureux à mon cœur et je préfère les chasser de mon esprit.

Je prends des affaires de rechange un peu au hasard, que m'importe mon apparence !

J'arrose les quelques plantes disposées de part et d'autre dans la maison et surtout donne à manger au chat. Heureusement que celui-ci dispose d'une trappe dans le garage pour aller et venir à sa guise et que mon amie Carolyn est venu le nourrir !

Dylan avait raison, la douche me procure un bien fou car sous les jets d'eau chaude, je sens les muscles de mon corps se décontracter petit à petit.

A peine une heure plus tard, je suis de retour à la clinique. Le sandwich que j'ai avalé en conduisant me reste un peu sur l'estomac mais ça ne fait rien, je ne voulais pas laisser Derek plus longtemps. Il faut dire que le frigo était plutôt vide. Je me suis souvenue que Derek et moi n'avions pas fait de courses car nous devions nous marier quelques jours plus tard. Puis, départ pour notre lune de miel aux Iles Canaries. Derek avait réservé la chambre des jeunes mariés dans un grand hôtel au bord de la mer turquoise. Là aussi, j'ai dû annuler et heureusement, prévoyant comme il est, il avait pris l'assurance annulation.

J'ouvre la porte de la chambre où se trouve Derek. Durant mon absence, quelques changements sont intervenus. La machine d'où il était branché est éteinte, seule l'aiguille d'une perfusion reste plantée à son poignet.

Y aurait-il eu un mieux durant mon absence ?

J'appelle l'infirmière avec le bouton d'appel d'urgence. Celle-ci arrive en quelques secondes. Je reconnais de suite Meg, l'infirmière qui s'était si bien occupée de Carolyn durant sa convalescence et qui est devenue en quelque sorte son amie depuis. Je sais qu'elles se voient de temps en temps.

- « Bonjour Meg, je suis désolée de vous déranger, mais que se passe-t-il ? Pourquoi Derek est-il débranché de cette horrible machine ? Va-t-il mieux, s'est-il réveillé ? »

Je n'arrive plus à arrêter toutes ces questions qui se bousculent dans ma tête.

Meg secoue d'un « non » ses longs cheveux roux et me regarde tristement.

-« Je suis désolée Jessie, on l'a juste débranché car la machine ne servait plus à rien. La seule bonne nouvelle, c'est qu'il respire tout seul. La mauvaise, c'est qu'il est toujours dans le coma et que nous ne savons rien quant à la suite des évènements. »

Dylan rentre à ce moment dans la chambre et dit :

-« Ce que te dis l'infirmière est très juste, Jessie. Derek a subi une grosse commotion cérébrale lors de l'accident. Le scanner a décelé un énorme hématome et nous devons attendre qu'il se résorbe, s'il se résorbe complètement un jour, seul Dieux le sait ! »

Nous sommes samedi et c'était normalement le jour de mon mariage. Au lieu de vivre ce grand jour, je suis là, dans cette chambre d'hôpital, assise à regarder l'homme que j'aime plus que tout, se débattre pour revenir à la vie.

Je me sens si triste et je sens que mon cœur a mal, si mal. Va-t-il s'arrêter de battre, vaincu par cette souffrance qu'il subit ?

-« Au fait, tes parents sont-ils enfin arrivés à Los Angeles ? » me questionne Dylan.

J'acquiesce que oui, ils sont bien arrivés hier. Mais non pour marier leur fille chérie, seulement pour la voir s'étioler peu à peu, comme les pétales d'une fleur fanée se meurent, devant ce désarroi, cette impuissance qui l'étreint et la laisse les bras ballants.

Que faire ? Comment aider Derek à sortir de cette torpeur ?

Je me refuse à croire que notre histoire va s'arrêter comme ça, dans cette clinique, dans ce lit blanc où repose ce corps tant chéri, ces bras si forts qui m'enlaçaient tendrement…

Maman et papa sont avec moi dans la chambre. Ils sont là depuis une dizaine de minutes et lorsque je les ai vus, nous nous sommes étreints longuement sans rien dire car il n'y a rien à dire.

Gentiment, maman pose sa main sur mon épaule et me demande :

-« Ma pauvre chérie, ton père et moi sommes tellement tristes pour toi. Dis-nous ce que nous pouvons faire pour t'aider ? »

-« Rien, maman, hélas, il n'y a rien que l'on puisse faire sinon qu'attendre et espérer, et prier peut-être aussi, répondis-je en les regardant. »

Je vois bien qu'ils sont inquiets pour Derek, mais pour moi aussi.

Je dois faire peur à voir, tant j'ai perdu du poids durant cette semaine passée au chevet de Derek. Je sais, au fond de moi, que je dois réagir et que me laisser sombrer dans cet état léthargique n'aidera pas celui que je considère comme mon époux.

Je ne dis rien mais me promets de me reprendre en main dès la semaine prochaine. Après avoir été « Jessie la désespérée », ils vont voir naître « Jessie la battante ». Derek n'aimerait pas me voir comme ça et, si je veux l'aider vraiment, je ne dois pas tomber malade moi aussi.

Finalement, ça fait du bien d'avoir une conversation avec soi-même ! Rien que d'avoir vu le regard de mes parents, j'ai su ce que je devais faire. Pas eu besoin de grandes phrases, d'ailleurs, je ne suis pas quelqu'un qui aime palabrer pour ne rien dire. J'ai toujours été assez secrète ; même enfant, maman n'a jamais vraiment su ce que je pensais au plus profond de moi. J'aime garder mes réelles pensées pour moi-même et converser avec mon moi.

Et c'est comme ça que, depuis l'enfance, je me cherche, je me trouve, et essaie de savoir quelle personne je suis vraiment.

Ce n'est pas facile de se connaître vraiment ! Ceux qui pensent savoir tout sur une personne comme leur conjoint par exemple, et bien, je pense qu'ils se trompent.

Qui peut se vanter de tout savoir sur un être ?

D'ailleurs qui peut se vanter de tout savoir sur lui-même ?

Pas moi, car comment vraiment savoir ce dont nous sommes capables dans telle ou telle situation ?

Certains faits divers d'ailleurs, nous prouvent qu'une personne « lambda » peut faire un acte de bravoure devant tel danger, alors que, contre toute attente, celui ou celle que l'on croyait courageux se montre, lors d'un danger, pas si bravache que prévu !

Moi-même, je ne sais pas quelles sont mes réserves de courage et d'espoir.

Si on m'avait posé la question « Comment réagiriez-vous si l'homme que vous aimez meurt ou reste dans le coma à vie ? » j'avoue que ma première réaction serait de répondre « Je crois que je deviendrais folle ! » ou « Le monde s'écroulerait devant moi ! » ou « Je ne pourrais pas survivre à ça ! »... alors que finalement, dans ce genre de situation, on peut se découvrir des ressources insoupçonnées qui vous donnent la force de vous battre et de croire en un avenir meilleur, avec la personne aimée, ou sans elle.

Il est vrai que ce n'est pas la réaction de tout le monde, mais j'estime que finalement, on peut savoir dans quelle catégorie on se positionne que lorsque l'on est confronté à une situation réelle.

Comment savoir à l'avance comment l'on réagira si, par exemple, on nous annonce « vous avez un cancer » ? Pourquoi certaine personne vont se laisser dépérir et laisser de suite la maladie gagner du terrain ? Alors, que d'autres, et pas toujours celles que l'on pensait, vont se battre bec et ongles, jusqu'au bout ? Peut-être que déjà, enfant, l'on pouvait pressentir ce trait de caractère, cette force qui est en nous ? Ou alors, les aléas de la vie nous ont rendu plus fort au fil des années, ou plus faible ? Chacun de nous suit la trajectoire de sa vie en essayant de faire du mieux qu'il peut, tout en essayant de rester dans les bons sillons. Mais nous ne sommes pas tous égaux dès la naissance et déjà, tout bébé, parfois les traits marquants de notre vie sont tout tracés. Il faudra beaucoup de volonté et de force pour se sortir d'un avenir qui n'est pas forcément bon. Certains le font et d'autres suivent ce mauvais chemin et même en accentue les travers par de mauvais choix.

Il faut le savoir et l'accepter. La vie est injuste et c'est comme ça, on n'y peut rien ! Certains naissent avec une « cuillère dorée dans la bouche » et d'autres naissent dans des pays pauvres ou en guerre. Certaines femmes auront des problèmes de poids durant toute leur vie et même en se privant, seront toujours insatisfaites de leur silhouette. D'autres, sans aucune privation, garderont la ligne durant leur vie entière. Certains pratiqueront un métier qui leur plaît où ils s'épanouiront et d'autres travaillerons durement pour un salaire de misère. Telle femme tombera enceinte autant de fois qu'elle le veut alors qu'une autre ne pourra jamais mettre au monde son enfant. Des familles verront leur vie semée de drames alors que d'autres couleront des jours heureux tout au long de la leur. Tout ceci est injuste mais c'est la vie des Hommes ! Et Dieu ou quiconque n'y peut rien. Certains diront qu'il existe un facteur

« chance » et que la chance ça se provoque. Ont-ils raison ? Est-ce si simple ?

Et moi, après une semaine de pleurs et de lamentations, je sens que j'ai besoin de réagir et d'agir pour mon bien-être et surtout, j'ai envie de me battre et de tout mettre en œuvre pour que Derek me revienne.

Chapitre IX

A l'instant où j'ouvre les yeux dans ce grand lit blanc, ma première réaction est de me dire : « Comme j'ai bien dormi ! » Mais tout de suite, je ne reconnais pas ma chambre. Celle-ci est dans des tons bleu et parme avec des meubles en bois clair. De plus, la fenêtre est habillée de rideaux blancs et se trouve sur ma droite alors que dans ma chambre, elle se situe à ma gauche. Soudain, tout me revient en mémoire : l'accident, Derek dans le coma… et je m'affole.

La culpabilité m'assaille et je me lève précipitamment pour enfiler un peignoir que je trouve posé sur le bord d'une chaise. Je reconnais que c'est le mien, celui en satin beige avec un liseré en dentelle. Je me souviens l'avoir mis dans les affaires que j'ai préparées en hâte, la veille, pour venir m'installer chez Dylan.

Mes idées dans ma tête se rassemblent et je me dis que, finalement, ça fait un bien fou de dormir enfin plusieurs heures d'affilées.

Après m'être rassurée et souvenue que je suis chez Dylan et non chez moi, je sors sans faire de bruit de la chambre.

Au bout du couloir, se trouve un grand escalier en bois ciré. Les marches grincent un peu à chacun de mes pas. En bas, je me dirige vers la gauche, me rappelant soudain où se situe les pièces de cette maison où je suis tant de fois venue.

Arrivée dans la cuisine, l'horloge indique huit heures. Dylan est là, assis derrière la table de la cuisine en train de lire un journal tout en déjeunant. Il semble déjà douché car ses cheveux sont encore humides. Il a revêtu un jean et une chemise blanche nonchalamment entrouverte sur son torse d'où sortent quelques poils qui le rendent encore plus viril. Je me sens un peu gênée par cette intimité et resserre les pans de mon peignoir. S'apercevant de ma présence, il lève les yeux et me sourit.

- « Jessie, bonjour ! »

Il pousse sa chaise, se dirige vers moi et m'embrasse sur les deux joues.

- « J'ai préparé du café et voici quelques toasts, du beurre et de la confiture. Il y des céréales dans le placard. Qu'est-ce que tu désires manger ? Tu as meilleure mine ce matin. Viens t'asseoir, je m'occupe de tout ».

Son enthousiasme et sa gentillesse m'émeuvent au plus haut point et je me laisse guider comme une enfant.

- « Tu as eu des nouvelles de la clinique ? questionnais-je après avoir fini de déjeuner. » J'ai bu un grand café avec quelques toast beurrés et je me sens bien, assise dans cette cuisine aux tons chaleureux.

- « Oui, mais aucun changement. »

- « Bon, je vais me préparer et retourner là-bas, dis-je en me levant. »

 Avant de sortir de la cuisine, je le regarde droit dans les yeux et lui dis :

- « Merci ».

Après avoir pris une douche bénéfique et enfilé une robe fleurie au tissu fluide et frais, je me surprends à fredonner tout en me maquillant. Je suis enfin prête pour attaquer une nouvelle journée. Le nouveau plan d'attaque que j'ai mis au point dans ma tête est d'arrêtez de se lamenter et réagir !

Je laisse derrière moi cette semaine passée à somnoler, à regarder Derek dans son lit. Cette chambre imprégnée d'un silence oppressant, d'où seuls les bruits de couloir agrémentent ce calme me fait horreur !

Il est neuf heures du matin et je décide d'aller chez moi m'occuper de tout ce que j'ai laissé de côté depuis plus d'une semaine.

Le chat est content de me voir, il s'enroule dans mes jambes en ronronnant. Je l'ai trouvé errant dans les rues il y a deux ans et ayant eu pitié de ce chaton alors chétif, je l'ai ramené à la maison. Derek et moi l'avons adopté et l'avons toujours appelé « le chat » car il est resté assez sauvage. Sa réaction à ma vue d'ailleurs m'étonne, j'ai dû vraiment lui manquer !

La boîte aux lettres croule sous les publicités et les lettres en tout genre.

-« Bon, occupons-nous surtout des factures, dis-je pleine d'entrain. »

Une fois les factures réglées, j'ouvre au hasard les autres lettres. Beaucoup viennent de connaissances qui disent me soutenir et prier pour Derek. Je sens les larmes montées mais ne me laisse pas manipuler par ce flot larmoyant de paroles. Je sors le classeur où je sais que Derek a rangé tous les papiers d'assurance et d'importance.

J'appelle son employeur, un grand cabinet d'avocats de L.A., qui me demande de lui envoyer certains papiers officiels. D'après ce que me dit le grand patron qui a pris la communication, je n'ai pas à m'inquiéter pour l'argent. Derek a paré à toute éventualité et tout est à nos deux noms bien que nous ne soyons pas encore mariés. Bien sûr, son cabinet s'occupe de toute la paperasse.

Cher Derek ! Toujours à penser à tout, mais en tant qu'avocat, il faut dire qu'il est bien renseigné sur toutes les lois. Moi, me connaissant, je n'aurais jamais pensé à me protéger d'un éventuel accident à venir. C'est dommage, car je dois dire que, dans ce genre de moment, il est bien agréable de ne pas se soucier de problèmes d'argent en plus. Nous devrions tous y penser avant que ce ne soit trop tard et mettre tout en œuvre pour éviter d'autres soucis dans ce genre de moment.

Je téléphone à ma patronne, Madame Shaw, qui est ravie d'entendre qu'au son de ma voix, je semble plus en forme que la dernière fois. Je lui confirme que je prends tous les congés qu'ils me restent, environ cinq semaines, et qu'après j'aviserai suivant l'état de Derek. Elle est très compréhensive et me dit de ne pas m'en faire. Même si elle engage une personne pour me remplacer en attendant, je retrouverai mon poste à mon retour.

Je la remercie chaleureusement et lui promets de passer les voir dès que j'en ai l'occasion.

Après avoir rassemblé plusieurs affaires et chargé la voiture, je prends la direction de Santa Monica vers la maison de Dylan. Le chat miaule de toutes ses forces et essaie de monter sur mes genoux. Je ne pouvais plus le laisser seul et ai décidé qu'il était temps pour lui de connaître sa nouvelle demeure temporaire. Dylan est d'accord pour l'accepter et m'a promis de faire venir quelqu'un dès aujourd'hui pour que « Monsieur Chat » ait la plus belle chatière du quartier.

Je lui suis très reconnaissante d'être aussi présent pour moi et Derek. C'est un amour et son soutien est très important pour moi. Je ne sais pas ce que je serais devenue sans lui.

Il est presque midi lorsque je me gare devant la clinique. J'ai enfin fini mon installation chez Dylan. Monsieur Chat, après avoir senti toutes les pièces de la maison et un peu miaulé, semblait, lorsque je suis partie, plus apaisé et avoir conquis les lieux.

Aujourd'hui, j'ai choisi de regarder un film avec Derek.

J'ai apporté mon ordinateur portable et l'installe sur la petite table, devant lui. Je me couche à ses côtés, comme autrefois, lorsque nous étions un couple heureux.

Et devinez le film que j'ai choisi ? Bien sûr, c'est « Ghost », notre film préféré.

Quand arrive le moment fatidique où Demi Moore et Patrick Swayze font de la poterie avec cette chanson bouleversante, j'ai les larmes qui coulent sur mes joues. Je l'ai pourtant déjà tellement regardé que je devrais savoir me contenir. Mais leur amour est tellement fort et il me renvoie au souvenir de l'amour qui nous unit, moi et Derek.

Je regarde Derek, lui est imperturbable ! Je m'étais dit que peut-être, en entendant cette chanson, il ouvrirait les yeux comme par magie, mais non !

Tant pis, je ne me sens pas encore vaincue.

Cela fait maintenant quatre jours que je m'efforce de lui parler comme si rien n'était, lui racontant les derniers potins ou lui faisant la lecture.

J'ai lu certains témoignages que racontent des proches ayant vécu la même expérience. Après des semaines, voire des mois ou des années, à force de volonté et de présence, des malades dans le coma se sont réveillés et j'ose croire que pour nous deux, ce sera pareil !

Déjà douze jours que je m'acharne à réveiller sa conscience et toujours aucun changement. Je le regarde tendrement. Les poils de sa barbe ont poussé, il semble plus vieux comme ça et si fragile. Lui qui semblait si fort ! Quand il me prenait dans ses bras, j'avais l'impression que rien de grave ne pouvait m'arriver. Je ressentais sa puissance et me sentait si protégée. Comment cet être si fort a pu se retrouver si affaibli dans un lit d'hôpital ? Je me dis que tout peut arriver dans la vie, que ce soit en bien ou en mal. La vie est comme une énorme roulette munie de cases. Et lorsque celle-ci s'arrête de tourner au gré de son désir, on peut tomber sur la bonne ou la mauvaise case qui indique un bonheur ou un malheur ! Est-ce que Derek et moi avions eu notre quota de bonheur ? Est-ce qu'il faut, à un moment, en payer le prix ?

Mais je n'ai pas dit mon dernier mot.

J'ai choisi pour ce samedi, de lui lire un livre, ma foi, un peu spécial : « Les cinquante nuances de Grey ».

Je ne sais pas si vous en avez entendu parler mais ce roman parle de la relation entre une jeune étudiante et un homme d'affaires et contient des scènes explicitement érotiques, axées sur la servitude, la discipline, le sadisme et le masochisme, tout un programme ! Je me dis qu'à la lecture de ces mots, Derek pourrait ressentir un émoustillement comme tout homme normalement constitué !

Et durant des heures, je m'efforce de lire convenablement un livre, qui ma foi, ne me laisse pas moi-même de marbre.

Si un jour vous le lisez, vous aussi ressentirez certainement une sensation de chaleur dans la pièce et sur le corps et des idées quelque peu osées vous viendront à l'esprit, ce qui ne déplaira pas à Monsieur mais pourrait le surprendre !

Il est dommage de laisser ses véritables aspirations au stade de fantasmes, mais hélas, c'est souvent le cas pour beaucoup d'entre nous.

Peur de ce que va pensez l'autre ?

Se laisser aller dans les ébats est-il, pour beaucoup d'entre nous, les femmes, une sorte de « mur » infranchissable ?

D'ailleurs, pourquoi les hommes pensent-ils que seules les petites « bourgeoises » sont coincées et ne demandent qu'à être décoincées au niveau sexe ?

Ne peuvent-ils pas envisager que leurs femmes, elles aussi, ont des besoins qu'ils n'osent même pas envisager ? Et surtout, que leurs femmes n'osent même pas se révéler à elles- même ?

Pourquoi un père est-il fier des exploits sexuels de son fils et ne peut-il même pas oser penser que sa fille adolescente ait la moindre relation sexuelle, jusqu'à en devenir fou ou même violent ?

Le « mâle », que l'on croyait quelque peu disparu, est-il toujours le seul maître à bord dans son couple quand on parle de relations sexuelles ?

Si un jour vous lisez un autre livre « Les hommes viennent de Mars, les femmes viennent de Vénus », vous découvrirez, au fil des pages, que les hommes sont loin d'être si faciles à vivre et à comprendre !

En effet, l'auteur nous donne les ficelles pour que les femmes essaient de décrypter le langage des hommes qui ma foi, me semble bien compliqué ! Il semble qu'à sexe opposé s'oppose aussi la compréhension d'une même phrase. Pour faire simple, suivant si vous êtes homme ou femme, une même phrase ne signifie pas la même chose !

Contrairement aux idées reçues, il m'est apparu que nous les femmes, comparées à nos hommes, nous sommes plus simples dans notre façon de parler. Pour nous un chat est un chat ! Pas si simple pour notre « cher et tendre », apparemment !

Pour celles ou ceux qui désirent approfondir la question, il serait intéressant de lire ce livre écrit par John Gray. Il est célèbre dans le monde et réputé par ses séminaires de thérapie conjugale. Ce livre est indispensable semble-t-il, pour nous aider à communiquer et vivre en harmonie avec l'autre sexe.

J'ai enfin fini de lire ce livre érotique écrit par E.L. James qui me laisse, ma foi, quelque peu perplexe mais non indifférente. Lors de certains passages, j'ai instinctivement baissé la voix car je me sentais gênée de prononcer certains mots tout en imaginant la scène !

Je regarde mon « Amour » étendu, sans aucune réaction, et me sens lasse. J'ai tant besoin qu'il me prenne dans ses bras.

Ce soir, je suis d'humeur romantique et me souviens de nos tendres ébats passés.

Je soupire et me lève de mon fauteuil, déjà vingt-et-une heure ! Je vais rentrer, retrouver le chat et Dylan s'il est déjà rentré. A cette évocation, ça me fait bizarre, comme si nous étions un couple « normal ».

Dylan est vraiment adorable ! Lorsque je suis rentrée, la table était déjà mise et le dîner prêt.

Nous sommes assis l'un en face de l'autre et trinquons.

- « A la vie et à l'espoir » dit Dylan en me souriant et en levant son verre.

Je le regarde, lève aussi mon verre et lui souris à mon tour.

-« A la vie, à l'espoir et à l'amour triomphant ! » répondis-je.

Les petites bougies allumées sur la table dansent sur nos visages et dans la pièce tamisée. Je me sens un peu nerveuse, cette ambiance est quelque peu romantique.

-«Il sait drôlement y faire avec les femmes » pensais-je tout bas.

Mais le repas est bon et nous passons une agréable soirée à parler de tout et de rien, très peu de Derek.

Nous sommes assis tous les deux sur le sofa devant un bon film. Nous rions de bon cœur, souvent ensemble, devant les situations comiques de nos deux héros. Dylan a toujours eu le don de choisir des films aux situations si délirantes que je ne peux faire qu'en rire aux éclats !

Et je ne sais pas comment c'est arrivé. Après avoir fini une bonne rigolade, Dylan m'attire vers lui si vite que je ne peux rien faire. Et hop, voilà qu'il m'embrasse sur les lèvres et je sens sa langue s'immiscer dans ma bouche.

L'effet de surprise passé, je le repousse vivement et le regarde, étonnée.

- « Dylan ! Mais qu'est-ce qui te prend ? dis-je d'un air interrogateur sur un ton angoissé. »

Il me regarde et me répond, plutôt embêté :

-« Oh ! Jessie, excuse-moi. Je crois que c'est l'ambiance de la soirée et tout... enfin, toi et moi, c'est un peu comme au bon vieux temps. Et puis, avec Derek qui n'est plus là... ».

-« Arrête, tais-toi ! Comment peux-tu dire ça de ton ami ? criais-je d'un air terrifié. »

- « Jessie, tu sais, vu son état, il faut que tu te fasses une raison et que tu comprennes que, à moins d'un miracle, Derek ne reviendra pas. Penses à toi. Tu sais que j'ai toujours eu un faible pour toi et... ».

- « Ca suffit ! Je ne veux plus rien entendre de ta part et je crois qu'il est préférable que nous oublions, tous les deux, ce qu'il vient de se passer, dis-je en me levant et je sors de la pièce. »

Blottie dans mon lit, je repense à ce qu'il vient de se passer.

Je ne comprends pas comment Dylan a pu faire ça, ni pourquoi ? Derek est son meilleur ami depuis toujours, il sait que nous devions nous marier et que lui et moi, il y a longtemps que c'est du passé.

Peut-être le stress, la fatigue nerveuse de ces derniers jours ?

Longtemps je reste les yeux grands ouverts à réfléchir, tapie dans l'obscurité de ma chambre.

Quand le sommeil trouve enfin sa place, je n'ai toujours pas trouvé les réponses à mes questions.

Chapitre X

Demain, cela fera un mois que Derek est dans le coma.

Rien n'a bougé, aucun changement dans son état qui puisse me faire penser qu'il y ait une amélioration à envisager.

Dylan et moi n'avons pas reparlé du « fameux soir », je préfère penser que c'était un incident sans lendemain. Mais c'est bête, depuis cet instant, je ressens une gêne en sa présence.

Il m'a proposé de sortir ce soir, juste d'aller diner comme deux bons vieux amis. J'ai accepté en pensant qu'au milieu d'autres personnes, ce serait mieux pour tous les deux.

Je me suis fait belle simplement pour mon plaisir, ça fait si longtemps ! Se ressentir « femme » me fait pousser des ailes et je me surprends à fredonner devant la glace, même faire quelques pas de danse.

-« Attention, revoilà Jessie ! dis-je à mon reflet dans le miroir tout en pouffant de rire comme une gamine qui fait une blague, mais que c'est bon d'oublier ses malheurs ! »

Je retrouve Dylan au restaurant, j'ai préféré que chacun vienne de son côté et ai pris ma voiture.

Le repas est bon et l'ambiance chaleureuse. Dylan a choisi un restaurant où je ne suis jamais allée avec Derek et je l'en remercie intérieurement. Je suis sûre qu'il l'a fait exprès et c'est une délicate attention.

Contrairement à ce que je m'attendais, la soirée s'écoule normalement. Nous devisons agréablement et l'électricité que je ressentais au début du repas s'évapora petit à petit. Comme deux bons vieux amis qui se retrouvent, nous parlons de tout et de rien.

Nous sommes en train de déguster nos desserts, de délicieux baba au rhum à tomber quand il reçoit un coup de téléphone.

-« Allo, oui, Docteur Westwood à l'appareil. »

Je vois les traits de Dylan se durcirent sur son front quand je l'entends répondre :

- « Ne faites rien, j'arrive tout de suite. Que personne n'intervienne en mon absence, c'est compris ? »

Il se lève aussitôt de la table et me dis :

- « Je suis désolé Jessie, une urgence à la clinique. Je peux te laisser régler l'addition et je te rembourse demain ? »

-« Pas de problème, va, ne t'inquiète pas. Mais dis-moi, est-ce qu'il s'agit de Derek ? »

J'attends sa réponse avec espoir mais il me répond que non et pars précipitamment.

Je reste là, seule devant nos desserts entamés, et me demande ce qu'il a bien pu se passer.

Peut-être un accidenté, comme ce fut le cas pour Derek ? Ou un problème avec un de ses patients ?

De toute façon, je n'en saurai pas plus ce soir.

Je n'ai plus envie de manger ce baba au rhum qui me faisait si envie. J'hèle le serveur, règle l'addition et rentre à la maison, enfin, la maison de Dylan !

Je n'arrive pas à trouver le sommeil.

Cela fait bien une heure que je tourne et me retourne dans mon lit. Je ne sais pas ce que j'ai, mais je ressens comme une angoisse qui étreint ma poitrine.

Je me lève, m'installe au salon devant la télé tout en buvant une tisane que je viens de me préparer. Le ronron des paroles qui sortent du téléviseur ne suffisent pas à ôter les inquiétudes qui trottent dans ma tête.

Et si Dylan m'avait menti, si le problème à la clinique venait de Derek ? Mais non, je ne vois pas pourquoi Dylan ne m'aurait pas dit la vérité, il sait qu'il peut tout me dire.

Je crois que ce soir là, je me suis endormie sur le canapé. Pourtant, lorsque je me réveille aux aurores, c'est dans mon lit que je me trouve. Mon petit doigt me dit que Dylan doit y être pour quelque chose !

Je me prépare avec hâte car je désire aller voir Derek. Il est cinq heures trente du matin.

Lorsque j'arrive à la clinique, je rencontre Meg sur le parking. C'est l'infirmière devenue amie avec Carolyn et qui s'occupe souvent de Derek.

Il est six heures quinze, elle doit avoir fini sa nuit, me dis-je.

- « Bonjour Meg, ou plutôt bonne nuit ? lui dis-je sur le ton de la plaisanterie. Tu étais de garde cette nuit ? Rien de nouveau pour Derek ? »

Elle me regarde d'un air qui me semble quelque peu gêné. Est-ce moi qui me fais des idées, ou cherche-t-elle à me cacher quelque chose lorsqu'elle me répond avec précipitation :

-« Non, non, rien de nouveau Jessie. Tu penses bien que si quelque chose était arrivée, tu serais la première à être au courant. Heu ! Il faut que je te laisse, la nuit a été longue et je suis très fatiguée. J'ai hâte d'aller me coucher. Au revoir. »

Elle monte dans sa voiture et démarre vite. Comme pour me fuir ?

C'est la question qui me trotte dans la tête lorsque j'entre dans la chambre de Derek.

Il est là, semblant dormir. Rien ne paraît avoir changé depuis mon absence et me sentant soudain lasse, je m'assieds au bord du lit.

Je prends la main de Derek dans la mienne, elle est fraîche sous mes doigts chauds. Durant un quart d'heure, je lui masse délicatement les mains dans l'espoir de leur redonner un peu de chaleur.

-« Oh ! Mon chéri, je soupire tout bas, comme tu me manques, reviens-moi, je t'en supplie !» et je reste là, ma tête couchée sur son torse, les yeux fermés.

Le bruit de la porte me surprend dans un sommeil que je peux nommer de profond contre toute attente.

A mon grand étonnement, mon frère vient de rentrer. Quelle heure est-il donc ?

-« Je peux rentrer ? demande-t-il tout bas. »

- « Oh ! Tommy, bien sûr, entre. Mais tu sais, tu n'es pas obligé de chuchoter, au contraire. Si tu pouvais avec ta grosse voix légendaire me le réveiller, ce serait avec le plus grand bonheur ! lui fis-je remarquer, un sourire en coin. »

Il vient m'embrasser sur les deux joues. Je ne sais pas quoi penser de sa présence matinale.

-« C'est gentil de venir le voir. Comment vas-tu, toi ? Ca fait longtemps que l'on ne sait vu. »

-« Je sais Jessie, répond-il. Tu sais, le travail, la famille, tout ça me prend du temps et de l'énergie, le train-train quoi ! Mais je suis déjà venu voir Derek au tout début de son… accident. Tu venais de t'absenter à ce qu'on m'a dit. Je n'étais pas resté longtemps, quelques minutes, car le voir comme ça, c'est assez insupportable. Je ne sais pas comment tu fais ? »

- « Je crois que je n'ai pas le choix, j'espère de toutes mes forces qu'il se réveillera, c'est tout. Et ce jour là, je veux être à côté de lui, soupirai-je. »

-« Est-ce que ça te dérange si je reste encore un peu avec toi ? »

Je regarde mon frère, surprise pas cette demande si inattendue.

-« Heu ! Non bien sur, tu peux rester tant que tu veux » répondis-je avec hésitation.

Est-ce que cela cache quelque chose car je me demande ce que l'on va bien pouvoir se dire pendant tout ce temps !

Au bout d'un certain temps ponctué de silence, mon frère prend la parole.

-« Je ne te l'ai jamais dit, mais j'aurais aimé que nous soyons plus proches tous les deux. Quand tu es venue au monde, j'étais très fier d'avoir une petite sœur. Les premiers temps, je t'ai beaucoup couvée, prenant mon rôle de grand frère très au sérieux. Puis, le temps a passé, tu étais la petite chose précieuse de la famille. Par rapport à moi, le grand gars costaud qui joue au base-ball, tu semblais si fragile ! Nous avions trop de différence d'âge et j'étais toujours fourré avec mon copain Jim de toute façon. Les choses de la vie et mon départ à l'université ont fait que je me suis éloigné de toi et je le regrette sincèrement aujourd'hui. Peut-être que nos parents y sont pour quelque chose, ils te couvaient tellement ! Peut-être ai-je été jaloux de l'attention qu'ils te portaient ? Mais tout ce temps perdu me laisse un goût amer, comme un manque dans ma vie. »

Je regarde ce frère que, finalement, je ne connais pas. L'entendre me dire toutes ces belles choses me chamboulent le cœur. Je ne sais pas quoi dire, et simplement, comme si c'était normal, je me jette dans ses bras et l'étreint très très fort.

« Oh ! Tommy, je crois que tu as raison. La vie ne nous a pas laissé nous connaître mieux, mais sache que tu es mon grand frère et que je t'aime, même si je ne te l'ai jamais montré ! Moi, j'ai toujours pensé que les parents t'aimaient plus que moi car tu me semblais tellement parfait, et dans les études, et dans le sport ! Je pensais que moi, je n'étais pas grand-chose à côté de toi, je me sentais insignifiante. Tu sais, on s'est trompé tous les deux. Moi je t'enviais et toi, tu me jalousais alors que nous avions faux tous les deux, quel gâchis ! Mais rien n'est perdu, nous allons nous voir plus souvent maintenant. Je serais ravie de montrer à tes enfants qu'ils ont une tante qui les aime et sur qui ils peuvent compter. Qu'en penses-tu ? dis-je en le regardant tendrement. »

-« Bien sûr, Jessie, ce serait super ! C'est Monica et les gosses qui vont être contents. Depuis le temps qu'ils me rabâchent que c'est dommage de ne pas voir plus souvent la seule sœur que j'aie ! Finalement, il a fallu qu'il y ait ce genre d'incident pour que nous puissions nous parler ouvertement. C'est quand même bête, mais je suis heureux de t'avoir dit ce que j'avais sur le cœur depuis longtemps. »

-« Moi aussi, Tommy. Au moins, l'accident de Derek n'aura pas été totalement inutile, soupirai-je. »

Après le départ de mon frère, je restais là, pensive, à me rappeler des souvenirs d'enfance.

Tommy et moi n'en avons pas beaucoup ensemble. Nos dix années d'écart ont fait que nous avons été élevés comme des enfants uniques. A seize ans, il est parti de la maison pour aller à l'Université suite à l'obtention d'une bourse. Nos parents étaient très fiers de ce fils qui jouait au base-ball tout en réussissant dans ses études.

Aujourd'hui, il est lui-même professeur d'histoire, marié avec deux garçons. J'ai deux neveux qui me connaissent à peine, Brandon et Corey.

-« La vie est bizarre parfois, me dis-je. »

Un rien d'effort pourrait en changer le cours. Au lieu de ça, on suit chacun de notre côté la route qui, nous l'espérons, mène au bonheur. Malheureusement, on oublie l'essence même de la vie : l'amour !

Bien sûr, il y a l'amour charnel mais, n'existe-t-il pas d'autres formes d'amour comme celui qui nous lie à notre famille et à nos amis ? L'on peut distinguer 3 formes d'amour : la famille, l'amitié et l'élu de notre cœur. Peut-on vivre pleinement heureux l'un sans l'autre ? Se suffisent-ils à eux-mêmes pour que l'on puisse se dire « J'ai tout ce qu'il me faut dans la vie et pour rien au monde je ne changerais le cours des choses » ?

Est-ce que l'amour que je porte à Derek me comble assez pour que j'en oublie la famille qui est mienne ou mes amis ?

Ne peut-on pas tout avoir et souhaiter, ou est-ce trop demander ?

Est-ce que ceux qui arrivent à conjuguer leur vie de couple, familiale et amicale sont plus heureux que les autres ?

Je n'arrive pas à répondre à toutes ces questions qui me trottent dans la tête et je me dis que, avant l'accident, je me sentais heureuse. De là à savoir si j'aurais aimé changer quelque chose dans ma vie, je n'en sais rien.

Je me demande si mon frère et sa famille me manquent mais finalement, je ne sais pas. Peut-être l'habitude de ne pas les savoir présents dans ma vie depuis toujours a fait que je ne ressens pas de réel manque ?

Mais aujourd'hui, tout va changer. Cet échange que nous avons eu mon frère et moi a crevé un vieil abcès et le fossé qui séparait nos vies va enfin être comblé.

Je peux dire que maintenant j'ai un frère et lui, a une sœur, et je compte agir comme telle ! Lui aussi apparemment, car pourquoi m'aurait-il parlé comme ça et dit toutes ces belles choses ?

Je regarde Derek, allongé comme une statue de marbre sur son lit. Seuls quelques subtils mouvements de sa poitrine me prouvent qu'il est toujours là, présent, tapi dans un coin.

Je m'assieds et commence ma lecture…

Il est temps que je fasse une pause, cela fait bien deux heures que je lis avec conviction cette histoire que je serais incapable de résumer tant mon esprit agit comme un automate.

Mes pensées sont d'humeur vagabonde. J'aimerais tant me promener en ce moment le long de la plage, avec la brise qui emmêle mes cheveux…

Je soupire et me lève, mon dos est un peu endolori par une posture gardée trop longuement.

Lorsque je sors de la chambre, je croise enfin Dylan qui semble-t-il, vient voir Derek.

- «Bonjour Dylan ! Dis-moi, tu n'étais pas obligé de me mettre au lit cette nuit, mais c'est gentil de ta part. Par contre, la prochaine fois, je préfère que tu me laisses où tu me trouves, si ça ne te gène pas. »

Je m'arrête de parler, un peu essoufflée et surprise par ce que je viens de dire. Il me regarde étonné, m'embrasse à son tour et me dit tout en entrant :

-« Pas de quoi Jessie, et j'entends bien ce que tu dis. Salut Jessie ! »

Sur ce, il rentre et ferme la porte derrière lui.

Je reste là, pantoise, et après quelques hésitations, je me dirige vers la cafétéria de la clinique. Je préfère les laisser seuls, de toute façon, je n'ai plus rien à dire, ni à lui, ni à Derek !

Ce jour là, je ne rentrais pas tard de la clinique. J'avais besoin de réfléchir à la situation.

Ces tensions entre Dylan et moi me troublent au plus haut point. Dylan a été, durant toutes ces années, un ami fidèle et est le meilleur ami de Derek depuis toujours. Je me dois de ne pas laisser pourrir la situation.

Je décidais de réagir !

Lorsque Dylan rentra le soir, une bonne odeur de cuisine l'attendait.

-« Hem ! Ca sent bon par ici, fit-il en pointant le bout de son nez dans l'embrasure de la porte de la cuisine. Est-ce qu'une fée est venue jeter un enchantement dans la maison cet après-midi ?

Son ton gentiment moqueur me fait sourire.

-« Oui, la fée Morgane est venue et je l'ai entendu dire : Abracadabra, que la paix soit dans cette maison ! Puis elle est repartie, fis-je en riant de bon cœur. »

Je m'approche de lui et me jette dans ses bras.

-« Oh ! Dylan, je suis désolée. Je crois que ce que je vis en moment avec Derek couché sur un lit d'hôpital, m'a vraiment chamboulé, et j'en ai perdu mes repères. Excuse-moi de ne pas avoir été sympa avec toi ces derniers jours. Tu me pardonnes, dis, fis-je en le regardant avec des yeux de biche. »

Dylan n'est pas quelqu'un de rancunier. Il me regarde sérieusement et d'un coup, se met à rire bruyamment.

« Jessie, tu sais bien que je peux tout te pardonner. D'ailleurs, j'ai ma part de responsabilité, moi aussi. Je ne sais pas ce qui ma pris de t'embrasser, l'autre soir. La fatigue et les nerfs aussi, bref, n'en parlons plus, dit-il en se tournant vers la table que j'ai mise avec grand soin. Femme ! J'ai faim, dit-il en s'asseyant et criant tout à la fois. »

C'est bien lui, ça. Mais je suis contente que tout soit arrangé entre nous.

Effectivement, nous passons une agréable soirée à bavasser sur tout et rien, comme au bon vieux temps ! Mon repas est une réussite et je me félicite d'avoir eu cette merveilleuse idée. Je pense que cette nuit, je dormirai enfin comme un bébé !

Chapitre XI

Aujourd'hui, je suis sortie me promener dans les rues huppées de Los Angeles. J'ai rendez-vous avec Carolyn pour faire du shopping.

J'ai l'impression que cela fait une éternité que je n'ai rien acheté et à bien y réfléchir, ce n'est pas qu'une impression. Pour une jeune femme, croyez-moi, c'est presque impossible et impensable !

C'est comme si l'accident de Derek avait mis ma vie en suspend. Il est vrai que mes journées tournent au rythme de mes visites à la clinique.

Dans quelques jours, cela fera deux mois qu'il est dans un coma profond et j'ai beau prier de toutes mes forces, rien ne change.

Ce Dieu que j'implore presque chaque jour, est-ce qu'il m'entend ? A-t-il trop de travail qu'il n'a pas de temps pour moi ? Comment continuer à croire en lui si je ne reçois aucun signe ?

Malgré tout, depuis que je suis toute petite, j'ai toujours eu besoin de croire que quelque chose ou quelqu'un, existe quelque part et entend mes prières. Parfois, j'ai eu l'impression que mes vœux étaient exaucés et aussi, malheureusement, que personne ne m'entendait ou n'avait de temps pour moi.

Mais ça ne fait rien, c'est comme une source sans fin d'espoirs qui brille dans le noir et qui m'a toujours aidé à surmonter les difficultés de la vie.

Je ne prie pas que lorsque je suis malheureuse. Il m'est souvent arrivé de remercier Dieu pour le bonheur que j'éprouve et aussi, simplement pour les joies ressenties autour de moi.

C'est une force de croire, car l'on se sent moins seul devant l'adversité. Je ne sais pas si un Dieu existe vraiment, mais je préfère penser que je ne suis pas un petit point isolé dans ce vaste monde dont personne ne se soucie.

Et qu'importe si mes prières ne sont pas toutes exaucées. Si c'était le cas, ce serait trop facile, non ?

Vous pensez, pourquoi toutes ces injustices dans le monde ? Pourquoi tant de misère ? Pourquoi souvent le méchant gagne et le bon meure ?

Croyez-vous vraiment que seul Dieu est responsable ?

Ne serait-ce pas, depuis la nuit des temps, l'Homme, tout simplement ?

L'Homme qui, par sa cupidité, sa jalousie, sa soif de puissance ou par amour, est capable de bien des cruautés et des maux de ce monde, n'est-il pas le grand coupable ?

Et Dieu dans tout ça, est-il un magicien qui peut changer, d'un coup de baguette magique, ce que l'Homme a semé ?

Je ne suis pas une fervente croyante, je n'aime pas tout ce qui va dans l'extrême. Simplement, je prie dans mon coin et demande à Dieu de faire ce qu'il peut et ça me fait du bien, c'est tout.

Donc, je marche dans Rodéo Drive afin de retrouver Carolyn quand, tout à coup, j'aperçois au loin un visage qui me semble familier.

« Mais, on dirait Stacy ! Mais oui, c'est bien elle ! Ohé Stacy ! Hou, hou… ». Je m'élance et crie en faisant de grands signes pour qu'enfin, elle m'aperçoive.

-« Jessie ! Quel plaisir de te revoir » dit-elle avec un large sourire quand enfin, je me trouve devant son champ de vision. Je la trouve resplendissante dans un tailleur Valentino aux teintes gris-bleuté.

Nous nous embrassons et serrons tendrement. En mon for intérieur, je suis heureuse de voir que son plaisir semble sincère. Je me desserre de son étreinte, recule un peu et la gronde gentiment :

-« Dis donc, lâcheuse, tu aurais pu donner de tes nouvelles ? Quand Dylan nous a dit que tu l'avais laissé tomber et que tu préférais ne plus nous voir, j'ai cru tomber à la renverse. Ca m'a fait du mal, tu sais. »

A son air surpris, je vois bien que quelque chose cloche, surtout quand elle s'écrie :

-« Comment ? Mais, ce n'est pas moi qui ai rompu, c'est lui. Comment a-t-il pu vous dire ça et en plus, que je ne voulais plus avoir à faire à toi et Derek ? Je vous adore tous les deux et vous me manquez terriblement. Vraiment, je ne comprends pas, quel salop ! A propos de Derek, ça y est, vous êtes mariés tous les deux ? Fais-moi voir ta bague… » et elle s'empresse de me prendre la main où devrait scintiller mon alliance.

Je retire précipitamment ma main de la sienne. A l'évocation de Derek et de mon mariage raté, mon visage se rembrunit et me dis qu'elle n'a pas l'air d'être au courant de la situation.

-« Hem, tu sais, à propos de Derek. Tu ne m'as pas l'air d'être au courant mais il a eu un grave accident et… ».

-« Quoi ? Mais quand, ou ça ? Et comment va-t-il, crie-t-elle au milieu de la rue plus qu'elle ne parle. Je ne savais pas, ma pauvre chérie, raconte-moi tout. »

Alors je lui raconte l'accident survenu quelques jours avant mon mariage, le coma de Derek, mon combat pour qu'il en sorte, mon désespoir qui ne cesse de grandir mais que je repousse tant qu'il me reste encore des forces…

Au fil de mon histoire, je vois le visage de Stacy se décomposer. Elle a un air si malheureux que c'est moi qui la console et la prends dans mes bras.

-« Tu sais, tu n'aurais rien pu faire Stacy. Si, te sentir à mes côtés et me soutenir m'aurait fait du bien, dis-je d'un air las. Mais je comprends maintenant. »

-« Oh ! Jessie, je suis si désolée. Désolée pour toi et Derek, désolée de ne pas avoir été là, mais je te jure que c'est Dylan qui m'a jetée comme une vieille chaussette. En plus, c'est lui qui m'a dit qu'il souhaitait que je n'aie plus aucun contact avec vous deux. Alors, quand mon employeur m'a proposé un poste à Boston, je n'ai pas hésité, j'étais si malheureuse. Aujourd'hui, je suis là pour un colloque qui s'est tenu hier soir mais je dois repartir de suite. D'ailleurs regarde, c'est mon taxi qui arrive et doit m'emmener à l'aéroport. Si j'avais su tout ça, je me serais arranger autrement et je serais restée un peu vers toi. Ne m'en veux pas Jessie, je dois y aller mais je te promets de t'appeler et de revenir te voir dès que je peux. Embrasse Derek pour moi ! »

Et je la vois qui s'élance en hélant son taxi, de peur que quelqu'un d'autre lui prenne.

Je reste là, plantée sur le trottoir avec un esprit qui bouillonne et des sentiments partagés. Pourquoi Dylan a-t-il menti ? Je suis sûre que Stacy m'a dit la vérité, elle. Après quelques instants d'hésitation, je me reprends et continue ma route qui me mène vers mon amie Carolyn.

Elle est déjà attablée à m'attendre devant un grand café dissimulé derrière un amas de crème fouettée, comme elle l'affectionne tant.

Dès que je m'approche d'elle, elle aperçoit le trouble sur mon visage.

-« Et bien ma chérie, qu'est-ce qu'il t'arrive ? Dis-moi, ce n'est pas Derek n'est-ce pas ? »

Je m'assieds en face d'elle et m'entends lui répondre, hésitante :

-« Heu ! Non, non. Excuse-moi Carolyn, mais tu ne devineras jamais qui je viens de croiser dans la rue ? Stacy ! »

-« Ah bon ! Qu'est-ce qu'elle fait à Los Angeles ? Elle va bien ? répond Carolyn en souriant. Et c'est pour ça que tu es toute chamboulée ? » Elle essuie sa bouche avec une serviette en papier et essaie d'effacer les restes de mousse qui lui dessinent une moustache.

-« Bien sûr que non, c'est ce qu'elle m'a dit qui m'intrigue. Elle m'a avoué que c'est Dylan qui l'a laissé tomber et non elle ! De plus, il lui a demandé de ne plus nous contacter, moi et Derek. Tu ne trouves pas ça un peu bizarre ? J'essaie depuis tout à l'heure de comprendre pour quelle raison il a fait ça et vraiment, je ne vois toujours pas. Tu en penses quoi, toi ? »

Je regarde Carolyn, dans l'attende de sa réponse qui ne tarde pas à fuser.

-« Et bien ma chère, je n'en sais fichtre rien ! Mais finalement, ça ne m'étonne pas de Dylan. Ce n'est pas la première qu'il laisse tomber une fille sans raison. Peut-être s'est-il dit que toi et Derek vous alliez le juger et essayer de le faire changer d'avis ? Il savait que nous appréciions tous Stacy alors ça l'a arrangé dire que c'est elle qui a rompu. Le mieux, c'est de lui poser la question mais ce n'est pas la peine de te mettre dans cet état pour si peux, tu ne crois pas ? »

Je me dis qu'au fond, elle doit avoir raison. Pourquoi cette découverte me met-elle dans tous mes états ? J'ai bien d'autres problèmes à résoudre, comme celui d'aider Derek à sortir de son coma. Je lui souris, reconnaissante d'être toujours là pour moi.

-« Ok ! Je verrai ça avec Dylan plus tard. Qu'il laisse Stacy tomber, ça c'est son problème, mais lui conseiller de ne plus nous parler, ça me regarde. Je lui demanderai des comptes, crois-moi ! Maintenant, je vais boire quelque chose de rafraîchissant ! »

J'hèle le serveur qui vient aussitôt me prendre la commande.

Devant un grand verre de coca-cola light rempli de glaçons, je savoure cet instant précieux. Je discute avec mon amie des choses de la vie comme, quel est le dernier mascara volume maxi sorti ces jours-ci et qui vous donne « le regard » à tomber par terre ; les dernières tendances de la mode vestimentaire, le film au cinéma qui attire le plus de monde... des discussions de nanas quoi ! Mais que cela fait du bien !

Avant de rentrer là où je dors depuis bientôt deux mois, c'est-à-dire chez Dylan, je passe voir un instant Derek à la clinique, histoire peut-être de me déculpabiliser de l'avoir laissé toute la journée.

Il est là, immobile dans son lit. Je m'approche de lui, il semble dormir. Je me penche au-dessus de son visage si beau et je l'embrasse tendrement sur la bouche. Ses lèvres sont toujours aussi douces qu'avant et me renvoient en arrière, au temps des jours heureux.

Que vais-je devenir sans lui s'il ne se réveille jamais ? Je frissonne à cette image qui me renvoie à un avenir si sombre.

Allez Jessie ! Il va falloir réagir et reprendre ta vie en main. C'est-à-dire, pensez à reprendre le travail et le cours d'une vie normale. Il faut que tu organises ta vie de façon à laisser une place à Derek mais aussi à toi-même ! Il faut que tu ailles de l'avant, ma fille... Ce sont sur ses pensées pas très réjouissantes et quelque peu résignée, que je sors de la chambre de Derek pour rentrer chez moi.

Je suis dans la cuisine en train de préparer une salade et quelques pâtes quand j'entends la voiture de Dylan se garer devant la maison. Je m'apprête à affronter celui qui a menti effrontément à son meilleur ami et à moi-même !

-« Ah ! Tu es là, bonsoir Jessie », dit Dylan en me voyant afférée dans la cuisine.

-« Ouais ! Salut, Dylan. Tu as passé une bonne journée ?

-« Pas mal, merci. Et toi, ça c'est bien passé avec Carolyn ? »

Je me place devant lui, plie le torchon et le pose sur le plan de travail après m'être essuyé les mains et répond, bien décidée à enfin l'attaquer de front.

-« J'ai passé une super journée, merci. Par contre, devine qui j'ai rencontré sur Rodéo Drive ? »

Dylan me fait face maintenant, intrigué par ma question. Il cherche au plus profond de lui qui est cette personne si « spéciale » à mes yeux pour que je l'interroge et ne trouvant rien, me demande la réponse.

« Et bien, j'ai vu Stacy ! »

Ses yeux s'agrandissent, sa bouche se crispe et je vois ses mains se tordre quand, après avoir légèrement toussé, il répond :

-« Ah ! Et comment va-t-elle ? Que t'a-t-elle raconté ? »

-« Ce qu'elle m'a raconté ! » Ma voix, maintenant, est montée quelques aigus plus hauts et je m'entends crier plus que je n'aurais voulu au départ.

-« Elle m'a tout dit ! Ton mensonge, le fait que c'est toi qui l'a quitté et pas elle ! Et pourquoi lui avoir demandé de ne plus nous voir, moi et Derek ? C'est complètement idiot de ta part et surtout, tu n'avais pas le droit de faire ça. »

Je sens que tous mes membres tremblent de colère et que les larmes montent à mes yeux. Ca c'est tout moi, incapable de maîtriser ces foutues larmes dans ce genre de situation ! Qu'est-ce que ça peut m'énerver !

Dylan ne dit rien, il semble réfléchir. Il se gratte le menton, comme un barbu se gratterait la barbe et semble désorienté par la situation.

-« Je…, je ne sais pas quoi te dire, Jessie. Je crois que j'ai eu peur que toi et Derek vous vous liguiez contre moi et essayez de recoller les morceaux avec Stacy. Alors la facilité pour moi, c'était de vous dire que c'est elle qui m'a quitté. Pour que cela paraisse plus vrai, je devais l'empêcher de vous revoir et je me suis englué dans ce mensonge, sans ne plus pouvoir maîtriser la situation. Pardonne-moi, s'il te plait, Jessie... excuse-moi, je n'ai pas voulu te faire du mal, crois-moi. »

Je vois bien qu'il semble sincère et désolé de voir dans quel état cette histoire m'a mise. Il est vrai, qu'à tout bien pensé, je me suis laissé emporter et que j'ai exagéré la gravité de la situation. Je lui prends la main tout en la serrant dans les miennes.

-« Ok, ne t'en fais pas, ce n'est pas ça qui nous empêchera de rester bons amis. Ne t'inquiète pas, tu es et tu restes Dylan, avec tes qualités et surtout tes défauts, dis-je d'un air malicieux. J'ai peut-être exagéré, je te l'accorde et restons en là. Par contre, plus de mensonge, d'accord ? »

-« Ok ! N'en parlons plus et plus de mensonge, promis ! »

Je vois bien que Dylan semble très soulagé de voir ma colère retombée. Certainement qu'il a craint, à cet instant, que notre amitié en pâtisse ! Il n'a pas vraiment tort. Encore un coup de ce genre et plus rien ne sera pareil entre nous. Chez moi, c'est comme un ressort. Une fois que le ressort est cassé, il est cassé et rien ni personne peut le réparer.

Chapitre XII

Comme c'est beau ! Je fais face à l'océan et devant moi le spectacle est saisissant. Ce matin, je me suis levée de bonne heure et j'ai eu envie de marcher sur la plage de Santa Monica. Le soleil est en train de se lever et inonde les flots de ses rayons lumineux. Personne ne peut se lasser des beautés que Mère Nature nous offre chaque jour. C'est d'une puissance incomparable et même l'Homme ne peut la contrôler et heureusement ! A l'horizon, l'ombre d'un voilier vogue au loin et disparaît petit à petit de mon regard. Une légère brise, douce comme les plumes d'un oiseau, me caresse les joues. Je respire à pleins poumons et me grise de ce simple bonheur, me sentir vivre et vibrer de tout mon être !

Soudain, le souvenir de Derek me donne un sentiment de culpabilité. Ai-je le droit de me sentir heureuse alors que je suis en train de le perdre ? Ai-je le droit de continuer ma vie alors que j'étais sur le point de prêter serment et de lier ma vie à la sienne ?

« L'être humain est plein de ressources », soupirais-je à moi-même. On pense que l'on ne s'en remettra pas et que notre vie est fichue, et l'instant d'après, on se remet à espérer. Doit-on pour cela bouder les joies qui viennent à nous et faire grise mine devant les autres ? Se permettre de rire de bon cœur ou simplement sourire, doit-il nous mettre mal à l'aise ?

« Mais vous avez vu, elle a l'air bien joyeuse alors que son soi-disant fiancé est entre la vie et la mort ! »

Doit-on se préoccuper des paroles blessantes d'autrui ou continuer son petit bonhomme de chemin ?

La plupart des personnes ne se rendent même pas compte du mal qu'elles peuvent occasionner par leurs paroles ou gestes. Mais que feraient-elles si un grand malheur traversait leur vie si bien rangée ?

« Au diable le qu'en-dira-ton ! Je dois penser à moi et à moi seule et ne pas culpabiliser. Derek est et restera le grand amour de ma vie mais je n'ai que vingt-huit ans. Ou je meure avec lui à petit feu ou je souris à la vie et me laisse guider vers un avenir incertain certes, mais qui connaît son avenir ?

C'est sur ces pensées positives que ravigotée, je laisse derrière moi l'océan pour partir à la conquête d'un futur, qui je l'espère, sera à nouveau prometteur pour moi.

Lorsque je rentre, je me lance dans une frénésie ménagère. Je viens vite à bout de la salle de bains, suivie des sanitaires qui sentent bon le propre. Je nettoie ma chambre de fond en comble et change les draps. Je passe le plumeau sur tous les meubles et admire l'efficacité de l'objet, quelle brillance ! Bien décidée à venir à bout de ces microscopiques particules qui se posent partout, je continue sur ma lancée en époussetant tout sur mon passage. Je n'oublie pas dans ma croisade pour la propreté, la bibliothèque, pièce très importante pour Dylan car il se trouve être un gros mangeur de livres. Je sais bien que celui-ci a une femme de ménage qui vient régulièrement, mais j'éprouve un réel plaisir en retrouvant les gestes simples d'une vie normale.

Tout à coup, je suis confrontée à un léger problème lorsque je me trouve devant l'immense armoire qui trône dans la pièce.

« Comment atteindre le haut de cet armoire ? Je suis certaine qu'il doit y avoir plein de poussière là-haut. » Sure de moi, je pousse une chaise, monte dessus et sur la pointe des pieds, j'étire le plus possible mon bras afin que le plumeau atteigne tous les recoins.

Soudain, je sens que quelque chose bloque le passage et empêche le plumeau de glisser.

-« Que peut bien faire un objet placé si haut ? » pensais-je, intriguée.

Armée de patience, j'arrive au prix de gros efforts à ramener vers le bord cet objet insolite. Ca ressemble à une boîte à cigares mais lorsque je soulève le couvercle, à ma surprise, ce ne sont pas des cigares.

-« Un révolver ! Que peut bien faire un révolver en haut de cette armoire ? Je reste perplexe devant ma découverte. Et il y a même des balles ! »

Après quelques instants de réflexion, j'en arrive à me dire que Dylan l'a acheté en cas d'urgence et l'a judicieusement placé très haut pour être certain que personne ne le trouve.

Je me dis qu'il a bien fait car j'ai horreur des armes, un accident est si vite arrivé. Ca se produit plus souvent que l'on ne le pense ! En Amérique, posséder une arme fait partie d'un droit grâce au deuxième amendement de la Constitution des Etats-Unis. Je suis contre car régulièrement des accidents se produisent, sans parler de beaucoup de meurtres qui auraient pu être évités si les armes n'étaient pas si faciles à se procurer. Mais Dylan habite dans un quartier riche en belles maisons et sujet à de nombreux vols. Je comprends pourquoi cet achat.

Je m'empresse de remettre la boîte sur le haut de l'armoire et la pousse avec le bout du plumeau pour que celle-ci soit bien au fond, juste le long du mur et compte bien vite oublier son existence !

Cette trouvaille insolite finit de couper mon élan et vidée de mon énergie, je décide d'arrêter tout nettoyage pour aujourd'hui.

Après une bonne douche et un petit encas, je monte dans ma voiture pour aller voir Derek à la clinique. Sa présence me manque tellement que j'éprouve le besoin d'aller l'embrasser et le toucher avant d'aller voir ma patronne pour lui dire que je compte reprendre au plus vite le travail.

Je suis assise au bord du lit et lui murmure des mots doux lorsque quelque chose attire mon regard. Mes yeux se sont posés sur la perfusion de Derek et celle-ci ne me semble pas s'écouler normalement. J'appuie précipitamment sur le bouton d'urgence et quelques secondes plus tard, une infirmière entre dans la pièce.

-« Bonjour ! Vous avez un problème ? » lance-t-elle en me regardant d'un air interrogateur.

-« Heu ! Il me semble qu'il y a un souci avec la perfusion, on dirait qu'elle ne fonctionne pas bien » répondis-je plus très sure de moi.

Elle s'affaire autour de l'appareil ainsi que du tuyau qui le relie au bras de Derek et dis :

-« Vous avez tout à fait raison, elle ne s'écoule pas bien, elle doit être défectueuse. Heureusement, il n'y a pas longtemps que le docteur Westwood l'a changée. Je vais l'appeler pour qu'il vienne la remplacer. »

-« Mais pourquoi déranger le docteur Westwood pour si peu, vous ne pouvez pas le faire vous-même ? dis-je, étonnée.

-« Non, les ordres du docteur Westwood sont très strictes. Il n'y a que lui et personne d'autre, sauf s'il l'autorise, qui s'occupe de Monsieur Stevenson. »

Elle semble dire vrai car quelques minutes plus tard, Dylan arrive au pas de course avec une nouvelle perfusion et avec des gestes précis, fait le changement. Puis, il prend les signes vitaux de Derek et rassuré, il se tourne enfin vers moi.

-« Salut Jessie ! dit-il en m'embrassant sur les deux joues. Rassure-toi, rien de bien grave, Derek va bien. Ce genre d'incident arrive rarement mais il vaut mieux le détecter assez vite. Tu avais vu juste et c'est tant mieux. Bon, je te laisse, j'ai d'autres patients qui m'attendent, à plus tard ! »

Et aussi vite qu'il est venu, il est reparti.

Plus tard, au volant de ma voiture qui me conduit dans les rues de Los Angeles et me conduit au « So Pretty », je m'interroge sur ce que m'a dit l'infirmière.

« Que Dylan s'occupe de son meilleur ami, c'est normal, mais jusqu'au point de changer une simple perfusion, c'est un peu étrange, non ? Ou alors, et c'est tout à son honneur, il veut être certain qu'aucune bévue ne soit faite et être au courant de tout changement qui pourrait intervenir sur l'état de Derek. Oui, ça doit être ça. Sacré Dylan, cela ne m'étonne pas de lui de toute façon. Il faudra que je pense à le remercier pour son dévouement. »

Les rues de L.A. sont encombrées à cette heure-ci et j'arrête de trop penser car je dois rester concentrée sur la route.

Madame Shaw et Sylvana sont ravies de me revoir et m'accueillent à bras ouverts. Cela me fait chaud au cœur quand elles me disent que je leur ai manqué. Je discute avec ma patronne sur mes futurs horaires de travail, job que je compte reprendre dès lundi prochain. Cela me laisse encore quatre jours pour m'organiser car je compte bien aller à la clinique tous les jours. Pour recommencer, je travaille toujours à temps partiel mais je dois me dire que bientôt, il faudra que je sois à plein temps avant que les finances ne commencent à être en baisse.

Lorsque je rentre à la maison, le chat se faufile dans mes jambes, miaulant de toutes ses forces pour me rappeler qu'il existe lui aussi, semble-t-il.

La maison ! Je m'interroge sur cette interpellation que je fais à propos de la maison de Dylan comme étant maintenant la mienne. C'est vrai que je me sens bien ici. Dylan possède une jolie maison en bord de plage, pleine de soleil et d'odeur marine. Le simple fait de me retrouver seule dans ce qui fut notre nid d'amour à Derek et à moi, me donne des hauts le cœur. Non, vraiment, je ne peux pas encore y retourner et tant pis du « qu'en dira-t-on ». Je préfère penser à mon bien-être plutôt qu'à celui de gens à l'esprit mal tourné. Et puis, je suis toute proche de la clinique, cela est trop pratique pour moi.

Rassurée sur le fait que je prends la bonne décision, je me prépare un plateau repas et le savoure assise sur la terrasse. Face à l'océan et aux doux bruits des vagues, je regarde cet horizon si puissant par sa beauté sauvage et m'imprègne de ses bienfaits.

« Finalement, la vie vaut quand même la peine d'être vécue, soupirais-je tout bas. Est-ce que les blessures de la vie nous font apprécier encore plus fort ses joies ? »

C'est une question que je me pose depuis toujours. Si notre vie n'était que bonheur, saurions-nous l'apprécier autant ?

Ou alors, quelque peu lassé et par habitude, ce bonheur deviendrait quelque peu invisible du fait d'être trop présent ?

Ces petites joies de la vie comme la beauté de la nature, le sourire d'un enfant, la chaleur du soleil… saurions-nous les regarder de la même façon si rien, dans notre vie, ne venait bouleverser notre quotidien ?

Malgré tout, il existe des malheurs si grands dans la vie qu'il est quasi impossible de s'en relever, comme la perte d'un enfant. De toute façon, nous ne sommes pas égaux devant la douleur physique et psychologique et chacun, à sa manière, essaie de la supporter du mieux qu'il peut.

Je me dis qu'avant l'accident de Derek, je ne soupçonnais pas quelle était la force de mes ressources. A mon grand étonnement, je sens que je me remets doucement et que la douleur est moins forte. Finalement, c'est vrai que l'on s'habitue à la douleur et que l'on apprend à vivre avec !

Ce soir là, je m'endormis très vite dans un sommeil étoilé par toutes ces pensées positives qui ont jonché ma journée.

Ainsi, mes journées reprirent leur cours normal, rythmées par mes heures de travail et mes visites à la clinique.

Les semaines défilent au pas d'un quotidien pas très captivant mais qui finalement, me convient très bien. Le contact avec la clientèle me fait du bien, mes copines Carolyn et Debbie sont là quand le moral baisse et Dylan est toujours aux petits soins. D'ailleurs, celles-ci s'inquiètent un peu pour moi de cette relation amicale qui ressemble plus à un couple ! Mais je les ai rassurées, je sais ce que je fais et je maîtrise la situation. Il n'y a que Derek qui compte pour l'instant et ça, Dylan le sait bien.

Chapitre XIII

Meg adore son métier. Depuis qu'elle est enfant, elle clame à qui vaut bien l'entendre que lorsqu'elle sera grande, elle sera infirmière. Cela fera bientôt deux ans qu'elle travaille à la clinique du docteur Westwood et elle est toujours aussi heureuse d'avoir réalisé son rêve de petite fille. Ce qu'elle préfère, ce sont les gardes de nuit. Lorsque le silence s'étend dans les couloirs de la clinique et que l'on n'entend plus que les pas étouffés des semelles en plastique des infirmières de garde et que seules les lumières tamisées des sorties de secours éclairent les longs corridors.

La pendule au fond du couloir indique vingt-heures trente. Elle entre dans la chambre 126 et allume la petite veilleuse pour ne pas déranger le malade comme à son habitude.

« Celui-là ne risque pas d'être gêné, grimace-t-elle en son for intérieur. Si seulement la lumière pouvait le réveiller ! »

Elle contemple devant elle le corps immobile de Derek Stevenson.

« Un beau mec ce Derek, quel dommage ! Et sa fiancée Jessie, la pauvre, elle espère toujours qu'il va se réveiller, soupire-t-elle. Un si beau couple ! Ce n'est pas comme moi et Jim, celui-là, jaloux comme un pou. Je me demande si je dois continuer cette relation mais c'est dommage car au lit, c'est du tonnerre nous deux ! »

A l'évocation de leurs derniers ébats, Meg sent tous ses sens en alerte et la chaleur lui monter aux joues quand soudain, la porte de la chambre s'ouvre sur...

« Jim ! Mais qu'est-ce que tu fais là ? Ca n' va pas non, dégage, tu n'as rien à faire ici. »

-« Tout doux ma belle, dit Jim en l'enlaçant. Personne ne m'a vu, je me suis faufilé dans les couloirs comme un vieux renard rusé. »

Puis il écarte Meg et son regard se pose sur Derek.

« Alors, c'est lui, le fameux Derek. Celui que tu trouves trop beau et dont tu t'occupes la nuit au lieu de me câliner, moi, » ricane-t-il.

-« Mais ça va pas, tu es venu jusqu'ici parce que tu es jaloux d'un malade dans le coma ? Mais c'est toi le malade, fous le camp, » menace Meg en le poussant vers la porte.

-« Mais dis-moi, maintenant que je suis là, on pourrait se faire une petite galipette ? Ce n'est pas lui qui nous dérangera, dit Jim en regardant Derek. Et qui sait, ça le réveillera peut-être ? »

Sur ce, il étreint Meg et l'embrasse avec fougue. Meg sent les mains de Jim qui cherchent sous sa blouse ses seins qu'elle a généreux. Jim les trouve et les malaxe de ses doigts experts tout en continuant avec sa langue, une danse frénétique dans sa gorge et sur ses lèvres.

Soudain, Meg reprend ses esprits et se dit qu'elle doit être folle !

« Je risque ma place si on nous surprend » pense-t-elle horrifiée. De toutes ses forces, elle repousse Jim qui dans son recul, s'accroche au déambulatoire qui supporte la perfusion. Dans un grands fatras, l'appareil tombe entraînant avec lui la perfusion qui se perce en arrivant au sol.

-« Oh, mon dieu ! Regardes ce que tu as fait, dit Meg terrifiée par ce spectacle. Vite, vas-t-en sans te faire voir, il faut que je réfléchisse. »

Après un dernier baiser et pas du tout gêné du gâchis occasionné par sa visite impromptue, Jim sort enfin de la chambre.

Après quelques secondes de réflexion et voyant que personne ne vient voir ce qu'il s'est passé, Meg se dit qu'elle se doit d'agir seule.

« Je ne vais pas déranger le docteur Westwood pour si peu, réfléchit-elle. Ce soir, il est au grand banquet de l'ordre des médecins. De plus, il va me demander comment ce bazar est arrivé. Je sais très bien changer une perfusion toute seule, personne n'en saura rien. »

Rassurée par sa décision, Meg met la perfusion pratiquement vidée de son sérum dans le petit sac poubelle de la salle de bains et met le sac dans sa poche. Puis, elle remet debout le déambulateur et avec le linge de toilette, essuie le sol.

Elle sort de la chambre et se dirige vers la pharmacie après avoir jeté le linge sale dans le bac prévu à cet effet.

Quand elle revient, elle n'a croisé personne.

« Tant mieux ! se dit-elle. Ni vu, ni connu. »

La perfusion une fois installée à sa place, elle regarde quelques instants le goutte à goutte s'écouler dans les veines de son patient.

« Ouf ! Tout va bien, soupire-t-elle. Et elle sort pour continuer sa garde auprès des autres malades.

…La salle du banquet est remplie d'un brouhaha joyeux et la douce mélodie jouée par l'orchestre s'écoule dans mes oreilles comme une onde apaisante.

« Je suis ravie d'être là et d'avoir accepté l'invitation de Dylan, pensais-je tout bas, la soirée est vraiment réussie. »

Dans la pièce, se trouvent des tables rondes où conversent en dînant les invités. Déjà, quelques couples s'enlacent sur la piste et dansent sur une musique langoureuse.

Je contemple la salle autour de moi et mon regard s'arrête sur quelques messieurs debout en grande conversation.

« Ce doivent-être des médecins, la salle en est remplie de toute façon, songeais-je, on peut avoir une crise cardiaque ce soir, on ne risque rien ! »

Je pouffe doucement sur mon trait d'esprit et regarde les convives assis autour de moi. Dylan est à ma droite et discute avec son voisin. Il me semble que chacun autour de cette table est occupé sauf moi ! Mais ça ne fait rien, je me sens bien, baignée dans cette chaleur doucereuse.

Lorsque Dylan m'a suggéré de l'accompagner à ce gala, j'ai bredouillé un « Non, je pense que ça ne se fait pas. Que vont dire les gens de nous lorsqu'ils me verront à ton bras ? ».

Puis, il a su me convaincre en me prônant ma propre philosophie du « on se fout du qu'en-dira-t-on » et que cela me ferait le plus grand bien. A bout d'arguments contraires, je me suis laissé inviter, finalement pour mon plus grand plaisir.

J'ai revêtue, pour l'occasion, ma longue robe de soirée en satin noir, ornée par de petites bretelles fines en forme de chaînettes dorées. J'ai relevé mes cheveux en un chignon sophistiqué, auréolé par de fines boucles et pour finir l'ensemble, j'ai mis à mes oreilles les perles de culture que m'a offertes Derek ainsi que le collier assorti.

Un jeune serveur habillé pour l'occasion met devant moi un plat qui ma l'air, ma foi, fort savoureux.

« Hem ! J'adore le filet de bœuf légèrement saignant, » sussurais-je à l'oreille de Dylan qui, surpris par mon intrusion dans sa discussion, me regarde tout d'abord étonné puis, semble agréablement surpris par ma remarque.

-« Bon appétit alors, très chère amie, » réplique-t-il ironiquement.

La viande fond dans ma bouche et je savoure pleinement ce repas, accompagné de pommes vapeur et de légumes sautés. Le tout est agrémenté d'un verre de vin rouge qui, d'après le serveur est un grand cru français. J'ai eu le temps de lire sur l'étiquette « Cheval Blanc ».

Le dessert, une gaufrette de fraises nappée de crème fouettée sur un lit d'amandes grillées finit par me faire fondre de bonheur !

Le reste de la soirée s'écoule sur le même tempo, bonne musique, danse et bulles légères… champagne !

-« Merci pour cette charmante soirée, Dylan, tu as bien fait d'insister. »

Nous sommes sur le point de rentrer et sommes dans le hall immense de l'entrée, prêts à partir.

Dylan pose délicatement mon manteau récupéré dans les vestiaires sur mes épaules et paraît quelque peu ébaubi par mes paroles.

-« Lorsque je t'ai présentée au docteur Monroe et qu'il a cru que tu étais ma petite amie attitrée, je t'avoue que je n'étais plus très sûr de mon coup. Je n'étais plus certain d'avoir bien fait en insistant pour que tu sois ma cavalière ce soir, » dit Dylan un petit rictus en coin.

-« Ce n'est pas grave tout ça, le quiproquo a été vite dissipé et tu avais raison, cela m'a fait le plus grand bien de sortir à nouveau, merci encore ! » dis-je en l'embrassant sur la joue.

Sur le chemin du retour, je regarde en coin Dylan conduire sagement sa décapotable et les cheveux au vent, assise sur le siège passager, un sentiment d'invulnérabilité m'envahit peu à peu. Dans la folle course de cette puissante voiture, je crois que Dylan et moi ne formons plus qu'un.

« Ouah ! Il est déjà deux heures du matin. Tu dois te lever tôt pour aller à la clinique demain ? » dis-je en ouvrant la porte d'entrée.

Dylan me regarde tout en franchissant le seuil, desserre sa cravate et se débarrassant de sa veste répond :

-« Non ! J'ai prévu le coup, je n'irai à la clinique qu'en fin de matinée.

Une fois seule profondément enfouie dans le creux de mon lit, je me mets à faire le point sur ces derniers mois passés.

L'accident de Derek a créé un véritable cataclysme dans ma vie si étriquée et bien rangée, mais c'est comme ci celui-ci me semble loin à présent, comme faisant partie intégrante de ma vie. « Suis-je donc enfin résignée ? » me demandais-je tristement.

Ce sont sur ses pensées et cette question restée sans réponse que le sommeil me trouva.

Il est dix heures du matin à mon réveil et je sens de bonnes odeurs venant de la cuisine.

Lorsque je m'approche de l'entrée de la cuisine, Dylan est effectivement en train de finir un frugal petit-déjeuner.

A mon approche, celui-ci se lève et je l'entends dire d'un ton très enjoué :

-« Bonjour la belle, viens et assieds-toi, je m'occupe de tout. »

Effectivement, celui-ci a cuisiné des œufs brouillés ainsi que du bacon qui semble grillé à souhait. Il a aussi préparé une pile de pane-cakes distillant un merveilleux parfum. Tous mes sens olfactifs sont en alerte et finalement, je sens que la gourmandise, plus que la faim, me fait me mettre à table avec entrain.

Dylan me regarde manger avec ce petit air malicieux dont il se sert souvent pour attirer une jolie fille dans ses filets lorsque nous entendons la sonnerie stridente du téléphone.

Après quelques secondes d'incertitude quant à savoir s'il répond ou non, il se lève enfin et décroche, bien conscient qu'il est un médecin avant toute autre chose.

-« Oui ? Allo… Le docteur Westwood à l'appareil. »

Je le regarde avec amusement car j'ai bien compris qu'il avait fait un gros effort pour se lever et prendre le combiné quand soudain, je vois son visage se décomposer.

Intriguée, je viens vers lui, pose ma main sur son épaule et lui demande :

-« Tout va bien Dylan ? Tu as l'air d'avoir vu un fantôme. »

Il repose le téléphone sur son socle, baisse un peu la tête, semblant réfléchir. Puis, il se tourne vers moi et prend doucement mes joues dans ses mains et je l'entends dire :

-« Derek s'est réveillé ! »

A ces mots, je le regarde avec de grands yeux écarquillés tout en portant une main à ma bouche d'où aucun son ne sort et je m'évanouis !

« Jessie ! Jessie ! Réveille-toi ! »

J'ouvre difficilement les yeux sur le visage penché sur moi d'un Dylan à l'air inquiet.

Je scrute la pièce qui tourne encore un peu et porte la main derrière ma tête qui me fait mal.

-« Montre ! Tu t'es blessée en tombant mais ce n'est rien, juste une écorchure. Tu auras mal au crâne quelque temps. Tu peux te relever maintenant ? »

Je fais « oui » de la tête à Dylan qui m'aide à me mettre debout. Soudain, je me souviens !

-« Derek, Derek est sorti du coma ! C'est bien vrai ? » dis-je en attendant sa réponse.

-« Oui ! D'après la clinique, il se réveille doucement. Il faut d'ailleurs que l'on y aille. »

Assise à côté de Dylan qui conduit la voiture en direction de la clinique, je pense à ce qui m'attend là-bas. Mon Derek s'est réveillé ! Je n'arrive toujours pas à le croire. Il faut vite que je le vois pour être certaine que je ne rêve pas ce moment que j'attends depuis plusieurs mois. Est-ce que le cauchemar se termine aujourd'hui ?

Dylan roule un peu trop vite à mon goût et la voiture fait quelques embardées sur la route qui nous mène vers l'espoir. La clinique est enfin en vue. Dylan emmène la voiture jusqu'à sa place attitrée et se gare. Nous sortons tous les deux précipitamment de celle-ci et au pas de course, nous précipitons vers l'entrée.

Dans le dédale de couloirs qui nous amène vers la chambre de Derek, je sens mes jambes qui flagellent à l'approche de la vérité. « Mon Dieu, faites que ce soit vrai ! »

Lorsque Dylan ouvre la porte, plusieurs infirmiers et infirmières se trouvent autour du lit, tant que je n'aperçois pas encore le doux visage de l'être aimé.

Soudain, deux d'entre elles se retournent vers nous en s'écartant et je vois… Derek a les yeux grands ouverts !

-« Oh ! Mon Dieu ! » Je me précipite à son chevet. Je prends son beau visage dans mes mains, des larmes coulent le long de mes joues et quelques unes tombent sur son visage.

Il me regarde, ses yeux semblent s'interroger quand soudain, un léger sourire dessine ses lèvres et je l'entends murmurer :

-« Bonjour mon amour. »

Ce sont les plus beaux mots du monde pour moi et ils le resteront à jamais. Mes prières ont été exaucées, enfin !

-« Bon, j'aimerais que tout le monde sorte maintenant. J'ai besoin d'ausculter le malade tranquillement, » aboie un Dylan qui semble quelque peu nerveux.

Je laisse Derek à grands regrets et me retrouve dans le couloir ainsi que tous ceux qui s'y trouvaient et il faut dire que Dylan a raison, il y avait trop de monde dans cette chambre.

Après une attente qui me semble interminable, Dylan entrouvre la porte et me fais signe d'entrer.

-« Tout va bien, tu peux venir. C'est un vrai miracle ! »

Je ne me fais pas prier et reviens vite auprès de mon bien-aimé qui sourit à mon approche.

Deux heures plus tard, je suis toujours assise auprès de Derek en lui tenant ses mains que je ne veux plus jamais lâcher. Nous avons beaucoup parlé, surtout moi car il a encore quelques difficultés à articuler mais Dylan dit que c'est normal, ça reviendra petit à petit. Je lui ai raconté le calvaire vécu après son accident, mon désespoir mais aussi ma lutte pour qu'il me revienne ... Je suis intarissable car tous ces mois passés sans lui, plus de six mois, ont semblé des années, une éternité. J'ai tant de chose à lui dire, sur mes angoisses et surtout sur l'amour que je lui porte. Un amour encore plus fort, comme grandi et nourri par mes souffrances.

Plus tard, lorsque Derek s'est endormi, je scrute encore son visage et rassurée, je vois qu'il sommeille dans un souffle régulier. Je reste auprès de lui, ne voulant plus jamais le quitter de peur qu'il reparte vers ses ténèbres. Je me couche doucement vers lui, me love le long de son corps et m'endors aussi, heureuse !

Chapitre XIV

Comme la vie peut être belle !

Tout va pour le mieux. Après une semaine d'examens, de soins et de rééducation, Derek est rentré à la maison. C'est à peine croyable comme la situation a changé en si peu de temps. Il y a 8 jours, j'en étais encore à me lamenter sur mon sort et aujourd'hui, je suis de nouveau la plus heureuse des femmes. Comme quoi j'avais raison, « tant qu'il y a de la vie, il y a de l'espoir ». Je suis quand même bien consciente que toutes les histoires tragiques ne se finissent pas aussi bien. Et je compte bien profiter pleinement de ce bonheur retrouvé !

Derek et moi ne nous lassons pas de nous toucher, de nous embrasser en nous murmurant des « je t'aime ». Je crois qu'il commence seulement à comprendre le calvaire que j'ai vécu et s'imagine fort bien ce qu'il aurait ressenti lui aussi, si cela avait été moi et non lui, sur ce lit d'hôpital. Il a encore parfois quelque difficulté à parler et à se déplacer mais un kiné vient tous les jours le rééduquer. Ses muscles autrefois si saillants ont fondu mais je suis certaine qu'il retrouvera son beau corps d'athlète dans peu de temps ! De toute façon, tout ce qui compte pour moi est de pouvoir me blottir à nouveau dans ses bras et de les sentir se refermer tendrement sur moi.

Dylan vient le voir parfois mais c'est bizarre, je le trouve quelque peu distant et étrange. Que lui arrive-t-il ? Peut-être est-ce le fait que nous avons vécu comme un couple durant plusieurs mois et que cela le gêne vis-à-vis de son ami de toujours ? J'ai bien évidemment, récupéré toutes mes affaires qui se trouvaient chez lui et aussi « Monsieur Chat » a retrouvé ses pénates. Lui qui était du genre sauvage et indépendant, aujourd'hui il passe des heures à dormir sur les jambes de Derek lorsque celui-ci se repose, étrange aussi. Mais dans l'ensemble, les choses redeviennent normales et une douce routine quotidienne s'est installée autour de nous.

Derek est dans sa chambre, lorsque je l'ai quitté, il dormait à poings fermés. Je le laisse se reposer et descend à la cuisine.

-« Je vais nous concocter un bon déjeuner. » Je parle tout haut à moi-même comme le font souvent les personnes d'un certain âge. Cela fait bien rire Derek de m'entendre parler toute seule, mais moi, j'aime bien m'échanger des paroles et remarques, ça m'aide à réfléchir.

« Bon, voyons ce qu'il y a dans le frigo. » Après quelques recherches et réflexions, j'ai décidé de cuisiner des escalopes milanaises agrémentées d'une petite sauce tomate aromatisée pour accompagner des pennes. Soudain, le téléphone me sort des mes pensées culinaires. J'essuie mes mains dans un torchon tout en me dirigeant vers le combiné qui se situe à quelques mètres de moi.

« Oui allo ? Oh ! Bonjour Meg. »

-« Bonjour Jessie. Excusez-moi de vous déranger mais j'aimerais que l'on se voie le plus vite possible, répond Meg. » C'est l'infirmière, celle qui s'occupait de Derek et qui s'est liée d'amitié avec Carolyn. Le ton de sa voix m'inquiète et a un débit rapide, comme si elle avait peur !

-« Euh ! Oui, si vous voulez on peut se voir. Mais que se passe-t-il ? »

-« Je ne peux rien vous dire au téléphone, ce serait trop long. Est-ce que l'on peut se voir aujourd'hui ? » Je sens bien que Meg, à l'autre bout du combiné, est dans l'attente d'une réponse affirmative de ma part.

-« D'accord, voyons-nous cet après-midi. On pourrait se retrouver au Paloma's Bar qui se trouve le long de la plage de Palm Beach ? A 15 heures, ça vous va ? »

-« C'est parfait, je vois où c'est. Donc à tout à l'heure Jessie. Merci de ne pas trop poser de questions. Au revoir ! »

Meg a raccroché et je reste là, plantée avec le téléphone dans la main. Après plusieurs secondes, je le repose sur son support et retourne, perplexe, à mes occupations. Mais, le cœur n'y est plus, je suis trop intriguée par cet étrange appel. « Pourquoi Meg veut-elle me voir et pourquoi cela semble-t-il si urgent ? » Comme une automate, je finis de préparer le déjeuner, l'esprit plongé dans des questions sans réponse. « Il va falloir que j'attende cet après-midi, je n'ai pas le choix, soupirais-je. Bon, il faut que j'essaie de ne plus me tourmenter avec tout ça. »

Au bout d'une bonne heure, j'entends Derek descendre péniblement les marches de l'escalier. Je n'interviens pas pour l'aider car je sais qu'il préfère se débrouiller seul. Mais je suis aux aguets et tous mes sens sont en alerte au cas où il y aurait un problème !

-« Hum ! Ca sent bon ici. Qu'est-ce que tu nous as fait de bon, ma chérie ? » Derek vient à peine de franchir le pas de la cuisine que déjà, je sens mon humeur joyeuse revenir.

-« Escalopes milanaises et pennes à la sauce tomate aux herbes fraîches, amore et mio, répondis-je tout en prenant l'accent italien. »

Déjà il est vers moi et m'embrasse avec fougue. Nous sommes deux adolescents qui découvrent les premiers émois de l'amour, c'est fou comme je me sens heureuse.

Nous déjeunons sur la terrasse, celle qui se trouve à l'ombre de grands arbres. Nous mangeons avec entrain, sans trop discuter. Seuls nos yeux se parlent et l'amour qui les unit nous transporte dans les étoiles.

-« Je dois sortir cet après-midi, rien d'important mais je dois aller faire quelques courses. Tu peux rester seul, mon chéri, ça ne te dérange pas ? » dis-je en lui caressant le dos de la main.

-« Ne te fais aucun souci, chérie, je suis un grand garçon. Je vais m'installer ici sur le transat avec un bon livre. Et si je m'assoupis, je serai le plus heureux des hommes !

Mon instinct me dicte de ne pas lui dire la vraie raison de ma soudaine envie d'aller faire des courses. J'ai déjà, au cours de mon existence, ressenti ce sentiment étrange qui vous pousse à vous taire. Je me souviens d'une fois en particulier. Je devais avoir 14 ans et mes parents et moi, étions allés nous promener dans un parc. C'est là que j'ai aperçu mon professeur de sciences. Il était assis sur un banc en retrait et il embrassait une jeune femme. Cela aurait pu être sa femme ou sa petite amie, mais au même moment où j'ai pensé dire à mes parents « Oh ! Regardez là-bas, c'est mon prof de sciences », aucun son n'est sorti de ma bouche. Je ressentais une sensation bizarre au plus profond de moi, comme de petites alarmes qui clignotent dans ma tête en me disant « chut, attention ! ». Je ne sais pas si vous l'avez déjà éprouvé mais je me suis tue. Quelques semaines plus tard, il y a eu à l'école une réunion parents-professeurs. A cette occasion, mes parents ont fait la connaissance de mon prof de sciences et mon père, fan de sciences, était intarissable sur le sujet. Tous les deux n'arrêtaient pas de discuter pendant que maman et moi, attendions à leurs côtés. Soudain, on a vu arriver la femme de mon professeur. Elle était venue le chercher en voiture et ne le voyant pas venir, s'était inquiétée. Celui-ci a fait les présentations et bien sûr, je vous le donne en mille, ce n'était pas la femme qu'il embrassait dans le parc ! Au fond de moi, j'étais contente de n'avoir rien dit ce jour là à mes parents et d'avoir suivi mon instinct. Tout le monde aurait été fort embarrassé et sa femme aurait pu ressentir cette gêne. Donc, suite à ma conversation avec Meg, je suis certaine que mes sens se sont mis en alerte et que les petites alarmes se sont réveillées et m'envoient le message « alerte ! alerte ! Derek ! Derek ! »

Je suis arrivée en avance au rendez-vous et suis déjà installée autour d'un café-crème sous un parasol de la terrasse du café. Le Paloma's bar se situe en face de la plage où la mer se repose. Mes mains tremblent en soulevant la tasse à mes lèvres car j'ai peur ! Peur de ce que veut me révéler Meg ! Que peut-il bien se passer ? Elle avait l'air inquiet au téléphone et je le suis à mon tour. Les minutes passent et me semblent une éternité. Je scrute le visage des badauds, tous ces gens qui marchent vers une destination inconnue mais leurs pas semblent si décidés, qu'eux ont l'air de savoir où ils vont. La foule est hétéroclite. Ca va du mec en costume-cravate à la fille en maillot de bain qui fait du roller. D'autres promènent leur chien en laisse tandis que des enfants jouent dans le sable sous le regard de leur mère. Des groupes de jeunes se chamaillent et plus loin, d'autres jouent au volley-ball. J'envie toutes ces personnes qui paraissent heureuses et sans souci. Mais peut-être que tout ceci n'est qu'apparence !

Je repense à cette dernière semaine passée avec Derek. Le miracle que j'ai tant attendu s'est enfin produit alors que je commençais à m'installer dans une routine imposée par le déroulement d'une vie qui ne me plaisait pas. Mais avais-je le choix ? Je soupire en me remémorant tous ces durs moments auxquels j'ai dû faire face et où j'avais les mains liées, subissant un destin sombre et cruel.

Soudain, mon regard est attiré au loin par une silhouette connue… Meg ! Elle se dirige vers moi d'un pas vif tout en scrutant autour d'elle, comme un petit chat effrayé.

-« Bonjour Jessie, excusez pour le retard mais ma voiture avait du mal à démarrer, dit-elle en s'asseyant en face de moi. J'espère que vous n'avez pas trop attendu ? »

-« Bonjour Meg. Non, non, ça va, ne vous faites pas de souci. Désirez-vous boire quelque chose ? »

-« Oui, un coca-light. Garçon, s'il vous plait ! » Elle hèle le serveur et lui commande un coca-light avec glaçons.

Je la regarde fixement, me demandant quand elle se déciderait à me parler de la raison de notre entrevue. Le serveur pose devant elle son coca qu'elle commence à boire par petites lampées, sans se presser. Comme si cela lui permettait de repousser l'instant de me parler. Intérieurement, je boue mais j'attends qu'elle se décide.

Après des secondes qui m'ont paru des heures, Meg se racle un peu la gorge et me dit :

-« Bien ! Vous devez vous demander ce que je peux bien vouloir vous dire, donc voilà. Euh, je ne sais pas par où commencer, mais je vais essayer d'être claire dans mes propos. »

-« Oui, oui, je suis toute ouïe. Je vous écoute ! »

-« Euh ! Tout d'abord, sachez que je ne travaille plus à la clinique. J'ai été renvoyé par Monsieur Westwood. »

-« Oh ! Je ne savais pas. Mais que s'est-il passé ? Pourquoi ? » Je porte ma main à la bouche en disant ces mots, sincèrement désolée pour elle.

-« Cela c'est passé après la nuit où s'est réveillé Monsieur Stevenson. Euh ! Enfin je veux dire, votre fiancé. Monsieur Weswood m'a convoqué dans son bureau le lendemain matin. Il m'a accusé d'avoir changé la perfusion cette nuit là et c'est vrai, je l'ai fait. »

-« Oh ! Ce n'est que ça. Mais pourquoi Dylan vous a renvoyée pour si peu ? »

-« Meg, vous ne comprenez pas. Il savait ! Il savait que j'avais changé cette foutue perfusion. Cette fameuse nuit, j'ai fait tomber maladroitement la perfusion et elle s'est percée. Je n'ai pas voulu le déranger. Je vous savais tous les deux à cette soirée de gala. J'ai donc remis une nouvelle perfusion et n'ai rien dit à personne. Je sais que j'aurais dû signaler l'incident. Mais lui, comment l'a-t-il su ? C'est ce que je me suis demandée et après avoir retourné la question plusieurs fois dans ma tête, j'ai compris qu'il ne pouvait y avoir qu'une seule et unique raison. »

-« Ah bon. Et laquelle ? répondis-je tout en ne comprenant pas du tout où elle voulait en venir.

Meg continue sur sa lancée en s'agitant nerveusement sur sa chaise.

-« Mais il savait que j'avais changé la perfusion parce que le patient s'était réveillé, tout simplement ! »

Je fronce les sourcils tout en réfléchissant.

-« Et alors, Derek s'est réveillé cette nuit là parce que c'était le moment, c'est tout. Je ne vois pas ce qu'il y a à voir avec le changement de la perfusion ? »

Meg s'énerve un peu en s'apercevant que je ne comprends toujours pas où elle veut en venir.

-« Mais si ! Ca à tout à voir, au contraire ! Rappelez-vous, c'est le docteur Westwood qui change les perfusions depuis cette fameuse fois où… » Meg laisse sa phrase en suspens tout en se remémorant que je ne suis pas au courant de cette fameuse fois.

-« De quoi parlez-vous ? Meg, allez-vous me dire de quoi il s'agit à la fin ! » Je hausse le ton et le couple assis à côté de nous, nous regarde avec un air interrogateur.

Meg se racle la gorge et poursuit.

-« C'était il y a plusieurs mois. Souvenez-vous, le docteur a été appelé pour une urgence alors que vous étiez au restaurant, je crois. Et bien, ce soir là, c'était parce que j'avais décelé que mon patient devenait réactif et que certains signes me prouvaient qu'il était en train de se réveiller. »

-« Votre patient, mais quel patient ? Je crie presque en posant la question dont je connais déjà la réponse.

-« Mais votre fiancé, bien sûr, Derek ! Meg me regarde, surprise que je n'ai pas encore compris de qui elle parle. Quand le docteur Westwood est arrivé, il a ordonné à tout le monde de sortir de la chambre. Puis, il s'est dirigé vers la pharmacie et en est revenu avec une nouvelle perfusion qu'il a installée à votre fiancé. Quelques minutes plus tard, quand nous sommes tous revenus dans la chambre, Derek ne donnait plus aucun signe de réveil. Le docteur nous a dit que cela semblait être une fausse alerte et qu'à partir de ce jour, c'est lui qui s'occuperait personnellement de ce patient avec interdiction de changer les perfusions nous-mêmes. On s'est tous regardés sans comprendre mais c'était le grand chef qui parlait, donc pas question de désobéir ni d'en demander la raison. Moi, je me suis dit que c'était parce que c'était son meilleur ami, un point c'est tout. »

-« Mais oui, je me souviens de ce soir là. Dylan a eu un coup de fil de la clinique et quand je lui ai demandé si c'était à propos de Derek, il m'a répondu que non ! Mais pourquoi m'a-t-il menti ? Je m'interroge un instant. Oh ! Je pense que c'est juste pour me ménager et ne pas me donner de faux espoirs, non ? » Maintenant, je la regarde et l'interroge, elle.

-« Et bien ç'aurait pu être ça, mais aujourd'hui, je sais que non ! »

Je scrute le visage de Meg en essayant de décrypter ce qu'elle essaie de me faire comprendre.

« La nuit où Derek s'est définitivement réveillé, je vous ai dit que j'avais changé la perfusion car celle que le docteur Westwood avait installée s'était percée tout en tombant ? »

-« Oui, oui, ça je l'ai bien compris, continuez Meg. »

-« Mais ce que je ne vous ai pas dit, c'est que j'ai gardé cette perfusion. Je l'ai mise dans la poche de ma blouse après avoir fini de la vider dans le lavabo de la salle de bains. Mais, un peu de liquide est resté dans le fond de la perfusion. Quand le lendemain matin, le docteur Westwood a découvert la substitution et m'a renvoyée, je suis rentrée en pleurs chez moi. Mais après avoir versé toutes les larmes de mon corps, je me suis mise à réfléchir. Et un doute s'est installé dans mon esprit. Comment le docteur Westwood avait-il su que la perfusion avait été changée ? Il ne pouvait y avoir qu'une seule raison. Pour en avoir le cœur net, il n'y avait qu'un seul moyen. Faire analyser ce qu'il restait dans la perfusion ! »

Meg me regarde d'un air triomphant, contente de ses déductions.

-« Faire analyser le contenu de la perfusion ! Mais pourquoi faire ? »

-« Et bien, ce n'était pas normal. Quelque chose me chiffonnait et il fallait que j'en aie le cœur net. » Meg scrute mon visage avec un air conspirateur, comme l'aurait un détective sur le point de découvrir une vérité.

Elle continue son récit et moi, je bois ses paroles sans rien dire.

« J'ai un copain qui travaille dans un laboratoire d'analyses et je lui ai apporté l'échantillon après l'avoir appelé. On se connait depuis longtemps, je dois même dire qu'à une époque, nous étions plus que des amis. Mais finalement, c'est mieux comme ça. Nous n'avions pas du tout les mêmes centres d'intérêt, hormis le milieu hospitalier et… »

-« Meg, vous voulez bien en venir au fait, s'il vous plait ! » Je n'ai pas pu m'empêcher de lui couper la parole, voyant que celle-ci s'égarait dans des souvenirs qui ne m'intéressent absolument pas.

-« Excusez-moi, où en étais-je ? Ah oui, donc je lui donne la perfusion en lui demandant d'analyser son contenu. Et surtout, que c'est très urgent et top-secret. » Elle me lance un clin d'œil tout en baissant le son de sa voix, de peur que quelqu'un entende notre conversation. En mon for intérieur, je me demande qui, à part moi, cela peut intéresser ?

-« Et alors, vous avez eu les résultats ? » Je n'en peux plus de ces sous-entendus.

Meg me lance un regard qui semble emprunt de pitié.

-« Ma pauvre, je ne sais pas comment vous dire ça ? Oui, j'ai les résultats et hélas, c'est bien ce que je craignais. »

-« Mais quoi, qu'est-ce qu'il y a ? Qu'est-ce qu'il y avait dans cette perfusion de si terrible ? »

-« Du Sufentanil ! » Elle me lance ce mot à la figure et je la regarde hébétée, ne sachant absolument pas ce qu'est le…, ce machin chose ?

-« Du quoi ? Mais c'est quoi ce truc, ce Sufen… je n'sais quoi ? »

Meg me répète le mot.

-« Du Sufentanil. C'est un dérivé morphinique de synthèse. Vous connaissez ce qu'est la morphine ? » Elle me questionne un peu comme si j'étais idiote, mais je me dis que quelque part, je dois sembler idiote à ses yeux avec ma bouche que j'ai laissée entrouverte. Je me dépêche de la refermer et répond.

-« Oui, bien sur, je sais ce qu'est la morphine, c'est pour la douleur. C'est pourquoi je ne vois pas pourquoi cela vous semble étrange d'en trouver là ?

Meg me regarde triomphante et continue ses explications.

-« Oui, mais on s'en sert aussi pour obtenir une analgésie profonde. Vous comprenez Jessie, en fait, pour faire simple, cela permet de mettre un patient dans un coma profond suivant la dose ! »

Là, je dois lui sembler encore plus stupide car mon regard est bien tourné vers elle, mais je ne la vois plus ! Ma bouche est ouverte mais aucun son n'en sort. Mon esprit est en ébullition et commence à assimiler ce qu'elle vient de me dire. On s'en sert pour mettre quelqu'un dans un coma ! Mais alors… cela veut dire que… Derek… il n'était pas… pas dans un vrai coma ! Je crie !

-« Oh ! Non, il doit y avoir une erreur. Meg, ce n'est pas possible, vous devez vous tromper ? »

-« Hélas, Jessie, je suis désolée, mais mon copain a fait l'analyse plusieurs fois. Les résultats sont surs, et j'ai eu beau retourner tout ça dans ma tête, c'est sans appel. Le docteur Westwood, votre ami, a volontairement laissé votre fiancé dans un coma profond pendant plusieurs mois. Par contre, vous dire pourquoi, j'en sais rien. Ca va être à vous de le découvrir. Je pense que ça a commencé le fameux soir où j'ai détecté que votre fiancé se réveillait. Car c'est à partir de ce jour que le docteur s'est personnellement occupé de lui changer ses perfusions. »

J'ai la tête entre mes mains et des larmes coulent sur mes joues. Je ne peux pas croire que Dylan ait fait cette chose horrible. Tous ces mois passés au chevet de Derek à pleurer, tout ce désespoir, et tout ça pour rien ! Comment Dylan a-t-il pu faire ça à son meilleur ami ? Et pourquoi ?

Mon esprit tourne à cent à l'heure. Il faut que je me reprenne et que je réfléchisse. Que faire de cette info ?

Après quelques minutes de silence, Meg me demande :

« Jessie, ça va ? Je sais que c'est dur d'entendre ça, mais je ne pouvais pas le garder pour moi, vous comprenez ? Alors, qu'est-ce qu'on va faire maintenant ? Est-ce que je dois aller à la police ? »

-« La police ! Non, non Meg, pas la police, je vous en prie. Est-ce que vous permettez que je m'occupe toute seule de cela, s'il vous plait ? Je vais allez voir Dylan et lui tirer les vers du nez. Ne dites rien, à personne, je vous en supplie, Meg ? »

-« Je n'sais pas si je dois faire ça, c'est grave vous savez ? Le docteur Westwood a fait une erreur impardonnable, il n'avait pas le droit. Je me dis que s'il n'y avait pas eu ce fameux soir où j'ai changé la perfusion toute seule, votre fiancé serait surement encore en train de dormir à cette heure ci ! »

Elle a certainement raison, mais je ne lui dis pas. Je ressens des hauts le cœur et je me demande si je ne vais pas me mettre à vomir, là, au milieu des tables ! Non, non, il faut que je me reprenne, comme d'habitude, faire bonne figure alors que mon monde s'écroule encore une fois autour de moi !

-« Meg, jurez-moi que vous ne direz rien à personne, jurez-le moi, s'il vous plait ! »

-« Bon, ok, c'est d'accord. C'est bien parce que je vous trouve sympa et que grâce à vous j'ai connu Carolyn qui est une fille super ! D'ailleurs, je n'vous ai pas dit, mais elle m'a retrouvé du travail dans une autre clinique. Donc là-dessus, pas de problème ! Je vous laisse régler le cas de votre soi-disant ami, le docteur Dylan Westwood. »

-« Merci, Meg, mille fois merci ! Bon, je vais vous laisser maintenant, j'ai beaucoup à faire et Derek ne sait rien de notre entrevue. Au revoir, et encore merci pour tout ! » Je l'embrasse et la serre tendrement dans mes bras, comme je l'aurais fait pour une vieille copine. Maintenant, nous sommes liées par un terrible secret !

Je m'élance sur le trottoir qui longe la plage et me retourne. Meg me regarde m'éloigner et je lui fais un signe de la main avant de tourner dans la rue à droite où elle ne voit déjà plus ma silhouette.

Ma voiture est là, garée le long du trottoir. Je monte dedans et mets en route le moteur. Mais je ne me décide pas à partir. Je reste là, hagarde et anéantie par tout ce que vient de me révéler Meg. Que vais-je faire ? Dois-je le dire à Derek ? Faire comme si de rien n'était ? Non, ça, ce n'est pas possible ! Bon, dans un premier temps, il faut que je me dépêche de rentrer car Derek doit se demander où je suis. Et puis, je vais attendre demain avant d'agir. On dit bien que « la nuit porte conseille » alors je verrai bien demain.

Je déboite et démarre en trombe, pressée de me retrouver dans les bras protecteurs de Derek. Je soupire en pensant que mon horizon vient de s'assombrir. Une tempête dans ma vie s'approche à grands pas et je m'inquiète déjà qu'elle ne devienne une tornade !

Chapitre XV

Je reste éveillée dans mon lit, à mes côtés Derek dort encore. Le réveil indique 7h30 et déjà, quelques rayons de soleil essaient de s'aventurer dans la chambre. Finalement, après m'être beaucoup retournée dans le lit hier soir, contre toute attente, j'ai passé plutôt une bonne nuit. Hier soir, Derek nous avait préparé un petit dîner en amoureux et j'avoue que j'ai vraiment apprécié cette attention. Les tensions ressenties l'après-midi se sont légèrement évaporées lors de cette soirée pleine de tendresse et de communion. Nous n'avons pas eu besoin de beaucoup parler, nos yeux le faisaient à notre place. Ils se disaient l'amour que nous nous portons, un amour tendre et doux qui laisse la place parfois, au feu de la passion.

Je me lève doucement et reste assise quelques secondes sur le bord du lit. Je ne sais toujours pas ce que je vais faire à propos de ce que je sais ! Il faut que je profite de l'absence de Derek lors de sa rééducation avec le kiné pour me poser la question au plus profond de mon être.

Derek ouvre les yeux et apercevant mon visage, me sourit. S'il savait ! Il serait anéanti et ça, je ne le supporterai pas. Donc, première certitude, Derek ne doit jamais rien savoir.

-« Bonjour, ma chérie ! Viens donc là m'embrasser. »

Nous nous embrassons et je reste quelques instants blottie dans ses bras. Ses bras qui m'ont tant manqué lorsqu'il était dans le coma. Le coma ! Tout ça à cause de Dylan. C'est lui qui m'a fait vivre un vrai cauchemar. Mais qu'est-ce qu'il lui est passé par la tête ?

Je m'extraits de ce cocon que j'aimerais ne jamais quitter et file à la salle de bains. Je trouve que mes traits sont tirés, j'ai mauvaise mine tout simplement. J'applique un peu de fluide magique avec mon roller pour les yeux et j'attache mes cheveux. Je grimace à mon reflet tout en trouvant que j'ai moins grise mine.

-« Tu vois ton kiné aujourd'hui ? »

Derek me retrouve à la salle de bains et confirme :

-« Oui, j'y vais ce matin. Tu sais, il m'a dit que je n'avais plus tellement besoin de lui. Donc, peut-être est-ce la dernière fois que je m'y rends. Et toi, tu fais quoi ? »

-« Oh, j'ai quelques courses à faire mais rien d'important. On déjeune ensemble à midi ? »

-« Bien sur, je rentre juste après avoir fini chez le kiné, t'inquiète. »

En mon for intérieur, je sais déjà comment je vais utiliser ces quelques heures passées seule.

Derek est parti à son rendez-vous et je range la cuisine, dérangée par le petit-déjeuner que nous avons pris ensemble. Une fois fini, je m'assieds dans le canapé du salon. Je crois que je suis restée là, sans bouger, durant plus d'une heure. Et c'est au bout de ce laps de temps que je me suis enfin levée, confortée par le fait que j'avais la réponse à mes questions.

-« Je sais ce que je dois faire ! » Je parle tout haut à moi-même, bien décidée enfin à mettre à exécution le plan que je viens de comploter.

« Bonjour, Mademoiselle, c'est Morgane n'est-ce pas ? » J'interroge du regard l'infirmière qui se trouve derrière le bureau des entrées de la clinique.

-« Oui. Bonjour, vous êtes l'amie du docteur Westwood, c'est bien ça ? Que puis-je pour vous ? » L'infirmière me répond avec un grand sourire encourageant.

-« Est-ce que le docteur est là ce matin ? »

-« Oui, il est au bloc. On ne peut pas le déranger. »

-« Bien sur, j'aurais juste aimé savoir comment Dylan… euh… je veux dire le docteur Westwood travaille cette semaine. Nous aimerions lui préparer une petite surprise mais pour ça, il faut que l'on soit sûr qu'il ne travaille pas trop tard ce soir là. »

-« Et bien, sauf s'il a une urgence, il sera disponible mercredi et vendredi soir. D'après son planning, ces soirs là il finit vers 20 heures. Mais vous savez ce que c'est lorsqu'on est chef de clinique, rien n'est certain, » répond-elle tout en lisant le planning de son patron.

-« Je vous remercie. Inutile de vous dire qu'il ne faut rien dire à personne, c'est top-secret. » Je chuchote tout en lui faisant un clin d'œil.

-« Comptez sur moi, motus et bouche cousue, répond-elle malicieusement. »

Je quitte l'infirmière et me dirige vers la sortie. « Très bien, la première partie de mon plan a fonctionné à merveille. Bon, maintenant, à moi de choisir quel jour je préfère. » Toute à mes réflexions, je monte dans ma voiture et me dirige vers la maison de Dylan.

Lorsque je rentre enfin à la maison, je me dépêche de préparer le déjeuner avant que Derek ne rentre. Il est bientôt midi, nous sommes lundi, et comme d'habitude à Los Angeles, il fait pas loin de 30° à l'ombre.

Mercredi ! J'ai choisi de le faire mercredi soir car je n'en peux plus d'attendre. C'est réconfortée d'après pris enfin une décision que je m'endors. Plus que deux jours !

…On y est, enfin ! L'heure de la vengeance et des explications a sonné. Derek et moi avons dîné d'une pizza que nous avons commandée et qui nous a été livrée un peu plus tôt. Nous sommes assis devant la télé et regardons une série comique, un peu idiote mais qui nous fait rire de bon cœur.

-« Je vais me servir un verre de soda, tu veux quelque chose ? » Je me lève et attend sa réponse.

-« Oui, merci. La même chose que toi, ça ira très bien. »

Une fois dans la cuisine, j'attrape mon sac à main posé sur le buffet et en sors un flacon de médicaments. Ces gouttes m'avaient été prescrites par Dylan lorsque Derek était dans le coma. Leur but étant de me sentir plus décontractée et de m'aider à dormir. Effectivement, à chaque fois que j'en ai pris, j'ai dormi comme un bébé. Heureusement, j'ai préféré ne pas trop les utiliser donc il en reste largement assez. J'attrape deux verres, ouvre le frigo et en sors le soda que je verse dedans. Puis, je lance un regard furtif vers la porte qui donne dans le salon d'où j'entends le son de la télévision. « Bien, Derek n'a pas bougé. Vite, il faut que je me dépêche ! » Je verse quelques gouttes dans l'un des deux verres tout en comptant pour être certaine de ne pas dépasser la dose normale.

-« Tiens mon chéri, ton verre, dis-je en lui tendant le verre dans lequel j'ai versé le médicament. A nous ! » Nos deux verres se heurtent dans un bruit cristallin et nous buvons ensemble.

Trois quart d'heure plus tard, Derek s'est endormi sur le canapé, vaincu par les somnifères administrés à son insu. Je lui parle doucement vers l'oreille pour voir s'il se réveille mais rien ! Je baisse un peu le son de la télé et monte à l'étage. Une fois dans ma chambre, je me change et me vêts d'un pantalon et d'un sweat-shirt noirs. Je noue mes cheveux en chignon en descendant l'escalier, retourne dans la cuisine, prends mon sac à main et sors dans la rue. Il est 22h10 et la nuit a commencé d'envelopper de son manteau sombre les rues de mon quartier. Je monte dans ma voiture tout en scrutant les alentours. Pas âme qui vive. « Tant mieux ! » Je démarre et me dirige vers Santa Monica.

Arrivée dans le quartier où vit Dylan, je me gare quelques pâtés de maisons plus loin. Je fais à pied la centaine de mètres qui me séparent de lui. Tout est calme autour de moi. Juste au loin, j'aperçois un couple qui rentre chez lui mais eux, ne me regardent même pas. Je suis arrivée et me tiens devant l'entrée. Je sens que mes jambes flageolent sous moi et mes mains sont saisies d'un petit tremblement lorsque je sonne à la porte. « Courage ! Tu vas y arriver, il le faut. »

La lumière de l'entrée s'éclaire et la porte s'ouvre.

-« Jessie ? Mais, qu'est-ce que tu fais là à cette heure ? Tu es toute seule ? Derek n'est pas avec toi ? me questionne un Dylan aux yeux hébétés.

-« Oui, je suis seule. Je peux entrer ? » Je lui réponds d'un air froid et il ne manque pas de s'en apercevoir.

-« Oui, bien sûr, entre Jessie. »

Il ouvre la porte en grand et me laisse le précéder dans l'entrée. Je me dirige de suite dans le salon et j'attends debout l'affrontement.

Dylan arrive à son tour et semble déconcerté par mon attitude.

-« Qu'est-ce qui t'arrive, tu sembles vraiment bizarre ce soir. »

-« Bizarre ! Moi, je suis bizarre ! » Ma voix commence déjà à monter dans les aigus bien que je m'étais promise de ne pas crier.

« Et toi, tu n'es pas bizarre d'avoir fait ce que tu as fait ! »

-« Fait quoi ? Jessie, je ne comprends rien à ce que tu me dis, explique-toi mieux » implore-t-il en allant se servir un verre de whisky.

Je vois bien qu'il est troublé et que ses mains tremblent légèrement. Il ne sait pas encore que « je sais » mais il va bientôt savoir. Je radoucie ma voix et poursuis.

-« Je sais tout, Dylan. Je sais ce que tu as fait à Derek ! »

A ces mots, il arrête de boire et pose son verre sur le guéridon.

-« Mais quoi, qu'est-ce que j'ai fait à Derek ? C'est quoi ces accusations ? Sa voix gronde tout en m'interrogeant. Mais je lis dans ces yeux qu'il a compris, il sait que « je sais ! ». Et il a peur !

-« Pourquoi as-tu fait ça Dylan ? Pourquoi faire cette chose horrible à ton meilleur ami ? Dis-le moi, s'il te plait. » Je prends un air suppliant pour essayer de l'amadouer.

-« Mais enfin, Jessie, dis-moi de quoi tu parles ? Tu vas t'expliquer à la fin ! » Sa voix a repris de l'envergure. Juste un regain de fierté avant la mise à mort, il le sait !

-« Ok ! Très bien. Tu continues à faire comme si tu ne comprends rien. Je vais te mettre les points sur les i, si c'est comme ça ! Ecoute bien les phrases qui vont sortir de mes lèvres. »

Plantée devant lui, je me mets à parler et à articuler lentement. Etrangement, ma voix est calme. Juste un imperceptible tremblement dans le timbre de ma voix que je remarque seule.

«Tu…as…drogué…Derek…pour…qu'il…reste…dans le…coma ! »

Je lis de l'effroi dans ses yeux. A cet instant, le beau et grand Dylan a peur ! A nouveau, ma voix a repris de la vigueur.

« Ce que je veux savoir, c'est POURQUOI ? »

-« Jess…Jessie, je…je vais tout t'expliquer. Pardon, pardonne-moi, je t'en supplie. J'ai été fou de faire ça. Je n'sais pas ce qui m'a pris. Est-ce que Derek est au courant ? » Il a pris un air plaintif maintenant, comme si ça suffisait pour que je lui pardonne.

-« Non, il ne sait rien. Et je veux que jamais il ne le sache. Ca le tuerait de savoir que son meilleur ami a voulu le tuer ! » dis-je d'un air méprisant.

-« Oui, oui, tu as raison, il ne doit jamais savoir. Excuse-moi, Jessie, j'ai été fou de faire ça. Mais, j'étais si malheureux… »

A ces mots, je lui coupe la parole et crie :

-« Malheureux ! Toi ? Mais malheureux de quoi, pourquoi ? Ce n'est pas l'impression que tu donnais. »

-« Tu n'as donc rien compris ? Oui, j'étais malheureux, car la femme que j'aime allait en épouser un autre. Et en l'occurrence, elle allait épouser mon meilleur ami ! »

-« Quoi ! Qu'est-ce que tu dis ? Tu...tu veux dire que...tu es amoureux de moi ! » Je suis épouvantée par ses mots qui raisonnent dans mes oreilles.

« Mais, Dylan, ce n'est pas possible ! Dis-moi que ce n'est pas vrai ! Tu ne peux pas être amoureux de moi ! On...on est déjà sorti ensemble et... et bien, tu te rappelles, ça n'avait pas collé entre nous et... »

Maintenant, c'est au tour de Dylan de me couper la parole et j'entends de la colère dans sa voix.

-« Mais c'est ce que tu penses, TOI ! Quand tu m'as laissé tomber et que tu t'es amourachée de Derek, je me suis dis que ça ne durerait pas, qu'il me fallait être patient. Je t'aimais déjà à l'époque, mais c'était moins évident qu'aujourd'hui. J'étais un coureur de jupons invétéré et ça m'amusait, j'étais jeune. Mais avec les années, mon amour pour toi est devenu plus fort et sincère et toi et Derek, filiez le parfait amour. As-tu idée de ce que ça fait de voir celle qu'on chérit plus que tout au bras d'un autre ? »

Je suis abasourdie par ce qu'il vient de m'avouer et en reste les bras ballants.

-« Je...je suis désolée Dylan, je ne m'en suis jamais doutée. Je n'ai jamais voulu te faire du mal et je comprends, mais ça n'explique pas ton geste envers Derek. C'est grave ce que tu as fait. Et puis, tu comptais aller jusqu'où ? S'il n'y avait pas eu ce fameux soir où Meg a changé la perfusion, que ce serait-il passé ? Tu ne pouvais quand même pas le laisser dans le coma pour toujours ! » Ma voix reprend de sa superbe lorsque je repense à tous ces mois de souffrance.

-« Je n'sais pas Jessie, je ne sais vraiment pas. Tout ce que je voulais, je crois, c'est que tu sois à moi. Je pense que dans ma folie, j'espérais que tu parviendrais à m'aimer un jour et alors là, j'aurais laissé Derek revenir à lui. »

-« Mais tu es fou ! Jamais je ne t'aurais aimé et surtout JAMAIS de la façon dont j'aime Derek ! » Je crie maintenant et ne ressens plus de pitié pour l'homme qui se tient devant moi.

A ces mots, Dylan se jette sur moi et essaie de m'embrasser. Ses deux mains tiennent mes joues pour que je ne bouge plus et je sens ses lèvres sur les miennes. Il est comme devenu fou ! Sa langue essaie de s'insinuer dans ma bouche et de trouver sa place. Il est fort ! De toutes mes forces, je me débats et tente de ne pas me laisser faire. Je le griffe sur un bras et remercie le ciel d'avoir des ongles entretenus et surtout longs ! Je réussie à me dégager et vite, glisse la main droite dans mon sac à main que j'ai toujours en bandoulière et en ressors un révolver que je braque sur lui.

« Ne bouge plus ! Recule ! Allez, recule ! Plus un geste ou je n'hésiterais pas à tirer sur toi, ça, je peux te le jurer. » Ma voix est froide et calme. Finalement, toutes les séries policières que j'ai regardées me servent à quelque chose.

Dylan recule et lève à mi-hauteur les mains. Son regard est vitreux, ses cheveux en bataille. Je ne reconnais plus cet ami cher et fiable que je connais depuis si longtemps.

-« Mais Jessie, qu'est-ce que tu fais ? T'es folle ou quoi ? Où as-tu trouvé cette arme ? »

-« Tu ne la reconnais pas Dylan ? Mais c'est la tienne mon cher ! Je l'ai trouvée un jour que je faisais la poussière au-dessus de l'armoire. Pas mal comme cachette. Je suis venue l'autre soir la chercher après m'être assurée que tu travaillais. Tu te souviens que j'ai toujours tes clés, n'est-ce pas ? Tu vois, j'avais tout prévu. Tu dois payer pour ce que tu as fait à Derek, pour ce que tu NOUS AS FAIT ! Je n'ai que mépris pour toi, jamais j'aurais pu aimer un homme comme toi, tu me dégoutes !!! »

Nos regards sont mêlés dans un affrontement où d'un côté, on lit de l'amour et du désespoir et de l'autre, de la haine et du dégoût. Je suis plantée devant lui, le révolver dirigé vers lui. Dylan sent la détermination dans le ton de ma voix et la peur l'envahit peu à peu. Il a raison d'avoir peur car déjà, mon doigt commence tout doucement à appuyer sur la détente

Chapitre XVI

-« Mes biens chers frères et sœurs, nous sommes ensemble aujourd'hui pour honorer la mémoire de... »

J'écoute d'une oreille distraite l'homélie du prêtre qui fait son discours de rigueur et raconte la vie de notre cher disparu.

Il fait un soleil de plomb en cette fin de matinée et je transpire habillée dans cette robe noire que je n'avais pas mise depuis des lustres.

Je regarde discrètement autour de moi, chaque visage est fermé dans son chagrin. Un peu plus loin sur la gauche, j'aperçois le visage de Meg. Nos regards se croisent et ses yeux brillent au loin. Peut-être sont-ils imbibés de quelques larmes ? Mais moi, je n'arrive pas à pleurer. J'ai fait ce que je devais faire et pense sincèrement qu'il n'y avait pas d'autre issue.

Des images s'imposent à moi. Je me rappelle lorsque les policiers sont venus sonner à la porte ce fameux matin. C'est Derek qui est venu leur ouvrir. Je ne peux pas oublier le cri de désespoir qu'il a poussé à l'instant où ceux-ci lui ont annoncé la mort de son meilleur ami Dylan.

-« Nous sommes désolés de vous importuner à cette heure matinale, monsieur, mais nous avons une mauvaise nouvelle à vous annoncer. Voilà, Monsieur Westwood est décédé hier soir. Il semble qu'il se soit suicidé chez lui mais une enquête est ouverte… »

Soudain, malgré la chaleur, je frissonne lorsque je me remémore les derniers instants de cette nuit tragique. Je revois notre affrontement, lui effrayé et moi prête à tout. J'ai le doigt sur la gâchette et je commence à faire pression sur celle-ci quand tout à coup, je baisse mon arme et la pose sur le guéridon.

-« Tu vois Dylan, nous ne sommes vraiment pas de la même race. Moi, je ne peux pas faire intentionnellement du mal à quelqu'un et ce, malgré la souffrance que j'éprouve. Je m'en vais et ne cherche plus jamais à me revoir. Je te laisse avec ta conscience. »

Dylan ne dit pas un mot et me regarde sortir. Dehors, je prends mes jambes à mon coup, comme si je redoutais de faire marche arrière. Isolée dans l'habitacle de ma voiture, je verse enfin les larmes que je n'attendais plus et rentre chez moi.

Tout est calme à l'intérieur. Derek est toujours endormi sur le canapé devant la télé qui ronronne par les sons bas qu'elle émet. Je cours dans la chambre où je me déshabille et enfile un peignoir. Une fois retournée en bas, je monte légèrement le son du poste de télévision, m'assieds à côté de Derek et commence doucement à le réveiller.

-« Hou, hou ! Réveille-toi mon chéri, il faut venir te coucher. »

Derek ouvre difficilement les yeux et apercevant mon visage penché sur lui, me sourit.

-« Quelle heure est-il ? Je crois bien que je me suis endormi. »

-« Il est minuit passé, mon amour. Moi aussi, je m'étais endormie mais je me suis réveillée il y a un quart d'heure à peu près. J'ai préféré me mettre en pyjama avant de te sortir des bras de Morphée. Maintenant bel apollon, viens te coucher ! »

Derek ne bronche pas, se lève et me suit gentiment. Avant, j'éteins le téléviseur et les lumières du salon et nous montons nous coucher, bras dessus, bras dessous.

-« Dylan était un homme bien ! Et ce ne sont pas sa famille et ses amis qui diront le contraire. Il était aussi apprécié comme médecin et... » J'écoute le prêtre continuer son serment. Les pauvres, s'il savait quel homme c'était vraiment !

Il y a eu une enquête. Nous avons tous été interrogés, un par un. Mais vite les conclusions ont été que Dylan s'était bel et bien suicidé ! J'imagine qu'après mon départ, il a compris qu'il n'y avait aucune autre solution pour lui. Et quelle honte et quel déshonneur si le monde avait su ce qu'il avait fait ! Il n'a pas dû le supporter. Et même si aujourd'hui, je pleure l'ami de naguère, je ne peux pas pleurer celui qu'il était devenu.

Le lendemain du drame, je me suis empressée d'appeler Meg et de tout lui expliquer. J'ai juste omis de lui raconter le moment où j'ai sorti l'arme et menacé Dylan. Ce n'est pas la peine de lui mettre un doute à l'esprit. Il a choisi seul et son destin était scellé du jour où il a commencé à commettre l'irréparable ! Quelle faute pour un médecin de droguer un patient au seul titre de lui prendre sa future femme ! Je pense ne jamais vraiment comprendre et surtout accepter, que l'on puisse commettre un tel crime au nom de l'amour ! Comment a-t-il pu penser que je tomberais dans ses bras alors que Derek était dans le coma ? L'être humain est bien étrange ; tantôt il peut être si bon et d'autres fois, si mauvais.

Je lève les yeux vers le visage ravagé de mon bien-aimé. Je saurais, par amour pour lui, ne jamais lui raconter ce qu'il s'est réellement passé. Il me faudra garder ce lourd secret toute ma vie. Est-ce que je saurais faire face à ma conscience ? Car quelque part, je suis coupable moi aussi. C'est moi qui est donné l'arme à Dylan ! Involontairement, ou volontairement, je lui ai suggéré cette issue fatale ! Mais ce n'est pas moi qui aie appuyé sur la détente.

Lui seul a pris cette décision. De plus, cela valait mieux que de faire de la prison !

J'essaie de me rassurer et de me consoler alors que le prêtre finit son sermon.

Chacun, un part un, lançons une rose sur le cercueil qui est maintenant descendu au fond de la tombe. J'aperçois Stacy qui pleure dans un coin. Derek fait un dernier salut à son ami de toujours et je lui emboîte le pas. Main dans la main, nous marchons dans les allées qui nous mènent vers la voiture.

-« Oh ! Jessie ! Mais pourquoi a-t-il fait ça ? Si seulement il était venu me voir pour me dire ce qui n'allait pas, j'aurais pu certainement l'aider ! » se lamente Derek.

-« Tu sais mon chéri, personne ne sait ce qui peut se passer dans la tête des personnes qui se suicident. Il a dû faire ça dans un moment d'égarement ou de désespoir. »

-« Mais quel désespoir ? Tu le connaissais aussi bien que moi, Dylan était tout sauf désespéré ! Il a dû se passer quelque chose pendant que j'étais dans le coma, tu ne crois pas ?»

Je nous arrête de marcher et prends dans mes mains le visage de Derek.

-« Ecoute-moi bien, on ne connait jamais en plein les gens. Il existe toujours en eux une part d'ombre dont eux-mêmes on parfois peur. C'est comme ça, on n'y peut rien ! Tu n'aurais certainement rien pu faire. Arrête de culpabiliser ! Tout ce qui compte c'est que nous soyons ensemble. Nous nous aimons et avons toute la vie devant nous. Viens, rentrons chez nous maintenant ! »

-« J'aimerais avant de rentrer, aller saluer sa famille. Je sais que sa mère a organisé une petite collation chez Dylan. Je lui ai promis de passer et j'ai besoin d'y aller. Qu'en penses-tu ? »

-« Ok, si tu y tiens. Mais pas longtemps. J'ai peur que ça nous fasse plus de mal que de bien de nous retrouver chez lui. »

En silence, nous montons dans la voiture. Derek prend le volant et nous prenons la route qui nous mène chez notre ami disparu.

A notre arrivée, beaucoup de personnes sont déjà en train de se restaurer. Dès que la mère de Dylan nous aperçoit, elle se précipite vers Derek et se jette dans ses bras.

-« Oh ! Derek, c'est gentil d'être venu. Dylan et toi étiez comme deux frères ! Si seulement il t'avait dit ce qui n'allait pas, tu aurais pu certainement l'aider. »

-« Je sais Betty, moi aussi je ne m'explique pas son geste. Hélas, j'ai bien peur qu'on ne sache jamais ce qui s'est réellement passé dans sa tête ce soir là. » Derek finit de s'écarter enfin des bras de la mère de

Dylan. C'est une grande femme aux cheveux blonds. On devine qu'elle a dû être très belle dans sa jeunesse car malgré son âge, ses traits sont encore beaux à regarder. Deux yeux bleu perçants me regardent et me jaugent.

-« Vous êtes Jessie ? J'ai beaucoup entendu parler de vous. Dylan vous estimait beaucoup, vous savez ? »

-« Oui, je le savais, Madame. Je suis désolée que l'on se rencontre enfin grâce à ce triste évènement. » A cet instant précis, je suis vraiment triste pour cette femme qui a perdu son unique fils.

-« Merci d'être venus tous les deux, j'apprécie beaucoup. Mais je vais devoir vous laisser, je dois aller voir d'autres personnes. Le devoir m'appelle, comme on dit ! » Et après nous avoir salués, elle nous laisse et s'en va serrer d'autres mains, embrasser d'autres gens venus lui apporter un peu de soutien.

Derek me regarde tristement et m'explique :

-« Betty a été comme une deuxième mère pour moi. C'est une femme bien et je ne sais pas comment elle va gérer la situation une fois tout le monde parti. Dylan et elle était très proches, tu sais ? »

-«Je suis sure que tu seras là pour l'aider si besoin. Ne t'en fais pas trop, mon chéri. Est-ce que l'on peut partir maintenant ? J'étouffe ici et j'ai besoin d'air. »

-« Ok, c'est bon, on y va. Tu as raison, rentrons à la maison. »

Et après avoir salué la mère de Dylan et quelques personnes de ci de là, Derek et moi partons enfin.

Tous les deux seuls dans le silence et le confort de notre voiture, nous nous acheminons vers notre foyer protecteur.

Je regarde discrètement le beau visage de Derek et lis sur ses traits fatigués, la douleur d'avoir perdu son ami. Je vais devoir m'armer de patience et avoir beaucoup d'amour pour lui remonter le moral. Je sais qu'il faudra longtemps avant que Derek ne souffre plus du manque de Dylan. Une telle amitié ne se vit qu'une fois ! Derek ne doit jamais savoir que son ami la trahit pour attirer celle qu'il aime dans son lit. Cela le tuerait de l'apprendre ! Je sais que je peux compter sur Meg pour ne rien dire à personne. Même mon amie Carolyn n'en saura rien, elle me l'a promis ! Le chemin de la guérison sera long pour tous les deux car finalement, moi aussi j'ai perdu un ami.

Je pose délicatement ma main sur la cuisse de Derek et lui souris tendrement. Il me regarde vite et reporte à nouveau son attention sur la route. Je ne dis mot mais j'essaie par la chaleur de ma main de lui apporter un certain réconfort. Mes pensées sont toutes à lui et lui murmurent des mots doux :

« N'aie plus aucune crainte, mon amour, tu verras qu'au fil des jours ta douleur disparaîtra. Et au bout du chemin, je serai là… »